2.55

DU MÊME AUTEUR

Aux Éditions Gallimard

AVEC MON MEILLEUR SOUVENIR

Aux Éditions Julliard

BONJOUR TRISTESSE, *roman.*

UN CERTAIN SOURIRE, *roman.*

DANS UN MOIS, DANS UN AN, *roman.*

AIMEZ-VOUS BRAHMS..., *roman.*

LES MERVEILLEUX NUAGES, *roman.*

LA CHAMADE, *roman.*

LE GARDE DU CŒUR, *roman.*

CHÂTEAU EN SUÈDE, *théâtre.*

LE CHEVAL ÉVANOUI, *théâtre.*

LES VIOLONS PARFOIS, *théâtre.*

BONHEUR, IMPAIR ET PASSE, *théâtre.*

LA ROBE MAUVE DE VALENTINE, *théâtre.*

Aux Éditions Flammarion

UN PEU DE SOLEIL DANS L'EAU FROIDE, *roman.*

DES BLEUS À L'ÂME, *roman.*

UN PROFIL PERDU, *roman.*

UN PIANO DANS L'HERBE, *roman.*

DES YEUX DE SOIE, *nouvelles.*

LE LIT DÉFAIT, *roman.*

Suite de la bibliographie en fin de volume.

DE GUERRE LASSE

FRANÇOISE SAGAN

DE GUERRE
LASSE

roman

GALLIMARD

A mon fils Denis.

CHAPITRE I

Les saisons aussi furent brutales en cette année 1942. Dès le mois de mai, les prés pliaient déjà sous l'été. L'herbe haute, amollie de chaleur, penchait, séchait et se rompait jusqu'au sol. Au-dessus du bassin, plus loin, des buées traînantes fumaient dans le soir ; et la maison elle-même, avec sa façade rose et ridée, semblait, entre ses volets du haut refermés sur quelque secret, et ses portes-fenêtres du bas écarquillées sur quelque surprise, la maison semblait une vieille dame assoupie, au bord d'une congestion faite d'incertitudes.

Il était pourtant plus de neuf heures et l'on avait servi le café sur la terrasse, en bas des marches, dans l'espoir de quelque fraîcheur ; mais il faisait si clair, et si tiède encore, que l'on se fût cru en plein jour et au cœur de l'été.

« Et nous ne sommes qu'en mai ! dit Charles Sambrat d'une voix lugubre, que ferons-nous en août ? »

Et il lança devant lui le mégot de sa cigarette, dans une trajectoire brève et fatale qui préfigurait peut-être, à ses yeux, leur avenir, mais que, du fond de son rocking-chair, Alice Fayatt regarda sans inquiétude ; car c'était un geste vigoureux qui avait projeté dans le néant et sur le gravier cette cigarette incandescente. Et, en contre-soir, la silhouette de cet homme, son geste vif, parlaient beaucoup plus de vie que de fatalité : les yeux marron un peu fendus, la bouche pleine, le nez charnu de Charles Sambrat, bien qu'entourés et soulignés de cheveux et de cils étonnamment noirs et étonnamment fins, dignes d'une femme, dignes même d'un Valentino, n'évoquaient, malgré son style un peu démodé, un peu 1900, de bel homme coureur, rien d'inquiétant ni même de prophétique. Ni même, pour une fois, de révoltant, songeait Alice. La santé de cet homme, son évident plaisir à vivre, pour une fois ne la révoltaient pas comme un anachronisme, une inconscience, honteux en ce mois de mai 1942. Et même si l'indignait par ailleurs son indifférence totale à l'histoire de son pays, il existait une sorte d'accord, exaspérant à y penser mais indéniable à voir, entre cet homme et l'odeur de cette maison, de son pré, la ligne de ses peupliers, de ses collines ; bref, un accord qui aurait consolidé — si elle avait pu y croire un instant — les beaux discours tricolores et vert pomme du maréchal Pétain. Et tout à coup, Alice crut entendre la voix grave et claironnante du vieillard, puis la voix brutale et hurlante d'un forcené, plus loin, et elle battit des paupières, rejeta la tête en arrière et se retourna vers Jérôme instinctivement.

Jérôme avait l'air assoupi, lui aussi, par cette odeur d'herbe chaude. Il avait les yeux fermés et les mèches de ses cheveux pâles se distinguaient difficilement de son visage fatigué, vulnérable et tendu. Le visage de Jérôme à qui elle devait tout aujourd'hui, y compris cette herbe, ce ciel taché d'étoiles, et le subit repos de ses nerfs ; tout, même ce vague mais équivoque plaisir, cette vague nostalgie que lui inspirait avec une paisible honte le charme trop masculin de l'ami d'enfance de Jérôme, de ce Sambrat chez lequel ils venaient d'atterrir le jour même sans aucun prétexte puisque leur amitié les en dispensait.

Elle battit des paupières et secoua la tête pour attirer l'attention de Jérôme avant de se rendre compte qu'il la regardait lui aussi, les yeux grands ouverts, depuis longtemps. Cet aveuglement à son égard était courant chez Alice et lui semblait soit une preuve de son égocentrisme à elle, soit une preuve de sa légèreté à lui. Un oiseau chanta dans leur dos, d'une voix bizarre et Charles se mit à rire :

« Cet oiseau chante comme un charretier, dit-il d'une voix gaie. J'ai toujours l'impression qu'il dit des gros mots. Pas vous ? Il n'y a rien de romanesque ni de joli dans ses roulades. Il y a même quelque chose de furieux qui me fait rire.

— C'est vrai, dit Alice, avec politesse d'abord mais avec amusement ensuite, car ce n'était pas faux. — C'est peut-être un oiseau de jour désorganisé, exaspéré de l'être ? »

Mais que faisaient-ils, ici, tous les deux, Jérôme et elle ? Que faisaient-ils à parler du chant graveleux d'un oiseau avec ce malheureux garçon, fabricant de chaussures de son état, dans le Dauphiné ?

« Je nous ai fait faire un bien mauvais dîner »,

11

continuait Charles, mais avec une voix si denuee
d'anxiété qu'elle en était presque cynique.

Cet homme devait être completement imperméable
à la gêne ou au remords, songea Alice ; mais elle qui
détestait la prétention et même la tranquillité d'esprit, chez les rats des villes ou les rats des champs,
chez les fier-à-bras ou les gais lurons, Alice ne pouvait
que sourire malgré elle au souvenir de Charles, ébahi
et ravi de leur arrivée, et faisant sauter dangereuse-
ment dans sa cuisine une omelette inespérée. Cela
s'était passe une heure plus tôt — une heure, déjà ! —
et l'écho de ce rire lui enlevait, au moins ce soir, tout
sens critique. En fait, cet homme devait très simplement avoir bon cœur ; c'était une qualité, en ces
temps, aussi anachronique que son physique, mais qui
allait, tout au moins celle-ci, servir leurs plans à
Jérôme et à elle. Et elle en était sûre : car cette bonte
était inscrite partout, sur le visage, dans le maintien
de Charles. C'était un beau, mais aussi un bon, garçon.
Exactement comme le lui avait dit Jérôme. Et la
condescendance qu'elle se rappelait avoir perçue dans
la voix de celui-ci lui sembla tout à coup injuste et
inopportune. Après tout, si coureur, bêta, matérialiste
ou borné qu'il puisse être, ce Charles Sambrat,
assoupi dans sa doulce France, allait peut-être un
jour, grâce à ses deux hôtes, se retrouver fusillé contre
un mur ou livré à des brutes sadiques sans même
savoir pourquoi. Et bien qu'il ne fût pas question de
lui dire ce pourquoi avant de savoir si cette conjonc-
tion avait le même sens pour lui que pour eux, elle se
trouva soudain déshonorée, profanatrice d'une hospi-

12

talité immémoriale, et sacrée... Elle se sentit un instant comme le loup dans la bergerie, avant de surprendre l'œil brun, liquide et fixe de la brebis nommée Charles Sambrat posé sur son corps à elle, Alice, dans un regard qui lui fit abandonner, d'un seul coup, son propre rôle de grand méchant loup.

« Mais tu ne te rends pas compte, ton omelette était merveilleuse, protestait Jérôme. A Paris, mon pauvre ami, on se battrait pour cette omelette !

— Tu n'exagères pas un peu ? dit Charles non sans quelque ironie. Ça va s'arranger l'approvisionnement, tu sais, ajouta-t-il, les Allemands sont drôlement organisés.

— Ah, tu trouves !... » Jérôme avait une voix lointaine, distraite, à peine railleuse.

Il entamait déjà son enquête, songeait Alice avec fatigue. Il commençait déjà ; il n'aurait pas pu attendre encore un soir, un seul soir loin de tout ça ? Et le défilé de cent clichés, cahotants et mal éclairés passa sous ses paupières : des portes d'hôtels minables, des rues sombres, des quais de gare, des appartements de passage, des valises à peine défaites, des images tristes, sales, anonymes, misérabilistes, des images toujours à angles aigus, les images de la Résistance, finalement ; et qui, sur cette prairie ronde, sous ce ciel bombé et la ligne courbe des peupliers là-bas, n'en étaient que plus terrifiantes. Elle sentit des larmes lui monter aux yeux. Ils n'auraient pas dû venir ici. Ils n'auraient pas dû s'arrêter, se reposer, ils auraient dû continuer à courir, d'un coin de rue à un autre, d'un porche à un autre, en zigzaguant, en tombant peut-

13

être. Ils n'auraient jamais dû venir s'allonger sur cette terre si paisible et si ronde, devant cet homme au cou si rond, lui aussi, rond et droit comme ces fameux bouleaux, ces fameux cous décrits par une femme sensuelle dans des romans exquis. Ce cou droit et bruni sous des cheveux noirs trop longs, des cheveux d'homme abandonné, songea-t-elle tout à coup.

« Vous n'êtes pas marié, Charles ? » demanda-t-elle d'une voix presque angoissée, ou plutôt s'entendit-elle demander, et elle rougit dans le noir, s'en voulut à mort de cette question indiscrète, vaguement déconseillée d'ailleurs par Jérôme l'avant-veille, s'en voulut aussi vite, aussi, de cet attendrissement imbécile et incongru au sujet de ce petit coq de province si paisiblement heureux de son célibat, si visiblement sûr de lui. Ce petit industriel qui trouvait les Allemands si organisés, la France si bien nourrie, son propre corps à elle-même si appétissant. Qui trouvait tout pour le mieux dans le meilleur des mondes.

« Ma femme m'a quitté, dit Charles sans la regarder. Elle habite Lyon à présent. Je suis un peu désordonné mais il y a Louis et sa femme Elisa qui vient faire la cuisine toute la semaine — sauf le dimanche... c'est pour ça que ce dîner était si infect. Si vous m'aviez prévenu...

— Mais, balbutia Alice, recroquevillée dans son fauteuil pour cacher sa rougeur, je ne vous parlais pas de l'omelette, voyons, je...

— Je sais, je sais, dit Charles. Je sais bien. » Et il eut un petit rire gêné mais encourageant qui acheva le désarroi d'Alice.

« Pardonnez-moi, dit-elle en se levant, je dormais à moitié, je parlais en rêvant, je ne sais plus. Ce dîner a été délicieux en fait, mais il faut que je me couche, je suis morte de fatigue, ce train n'en finissait plus. Vingt-quatre heures, nous avons voyagé, n'est-ce pas, Jérôme ? »

Les deux hommes s'étaient levés précipitamment mais Jérôme en s'empêtrant dans sa chaise, bien entendu, ce qui fit que Charles fut le premier près d'Alice, tendu, frémissant, et elle regarda ces deux hommes qui la fixaient comme dans une comédie américaine, songea-t-elle dans un subit accès de gaieté, et, avant de rire, elle se retourna vers la maison, précipitamment.

« Je vous montre votre chambre, dit Charles, ou plutôt non, je laisse Jérôme le faire, il saura mieux vous installer ; il connaît cette maison aussi bien que moi, ce qui me fait plaisir, dit-il en posant la main sur le bras de Jérôme qui les avait rejoints en clopinant. Mais il sait mieux que moi ce qui vous plaît, ce qui me désole, en revanche », ajouta-t-il avec une grâce inattendue, surannée, avant de faire un geste, un pas en arrière et de se pencher vers Alice, sans lui prendre la main, dans un petit salut sec et presque lointain qui sembla à la jeune femme tout à coup beaucoup plus érotique que le plus long et plus brûlant des baise-mains. Et pour se rassurer elle lui sourit franchement et rencontra ses yeux si marron, si mâles, si enfantins, ces yeux d'animal en fait, dépourvus justement de la moindre équivoque comme de la moindre insolence.

Un regard en tout cas qu'elle ne se rappelait avoir

jamais vu que chez des hommes a femmes : certains hommes, qu'elle avait, très jeune, croisés sur des plages, et dont l'attitude, le regard, tout avouait loyalement, placidement, un désir effréné des femmes, ne dissimulaient que très difficilement un ennui et une aversion totale pour les hommes. Elle se rappelait avoir connu comme ça deux, trois hommes, très tranquilles et très beaux, très polis et très discrets, souvent presque effacés et pour lesquels des femmes se tuaient ou se laissaient mourir, sans que quiconque pût reprocher à ces hommes la moindre méchanceté, pas plus que ces femmes n'avaient pu le faire durant leur vie. C'étaient des hommes qui ne frayaient pas avec les autres hommes, que n'attiraient ni le sport, ni les cartes, ni d'autres vices. C'étaient des hommes pour qui les uniques habitants de cette planète étaient très évidemment les femmes : ces femmes qu'ils aimaient, qu'ils quittaient, et dont parfois ils vivaient aussi, d'ailleurs, tranquillement, sans gêne comme sans cupidité. Mais cette espèce oisive, si bien décrite par Colette, avait disparu depuis longtemps et ses descendants — s'il y en avait — ne fabriquaient sûrement pas des chaussures près de Romans.

« Non, non, disait Jérôme, non, non, c'est ta maison, fais-en les honneurs à Alice. A mon avis c'est la chambre jaune paille qui lui plaira. Tout à l'heure, Alice, dit-il plus bas, je viendrai vous dire bonsoir, s'il n'est pas trop tard et si ça ne vous dérange pas. »

Elle sourit sans répondre. Elle se laissa conduire, engourdie de fatigue et de plaisir dans cette odeur de fruit sec et d'encaustique qui baignait la maison et

16

qu'elle croyait disparue de sa vie. A la suite d'un Charles taciturne et cérémonieux qui marchait à pas lents devant elle, les deux mains jointes derrière son dos, tel un guide, ou un agent immobilier, elle traversa ce qu'elle crut être un salon, un grand salon avec sur le sol, des dépouilles de panthères aux flancs troués et aux yeux de verre, et, aux murs, quelques portraits vermillon accrochés de travers ; puis un vestibule, puis un escalier où somnolaient des chiens de chasse qu'ils ne dérangèrent pas. Puis, enfin, elle parvint au seuil d'une chambre immense, carrée et aux murs de laquelle se fanaient de grosses fleurs roses, poussives et pâles, autour d'un grand lit d'accouchée ou de lune de miel sous une courtepointe au crochet. Mais ce qu'elle vit avant tout et vers lequel elle se précipita, ce fut un grand feu violent, brûlant dans la cheminée, comme en plein hiver. Aussi Alice, qui n'aimait rien tant que les feux de bois l'été, les portes-fenêtres ouvertes l'hiver et les grandes baignades dans les lacs sous la pluie d'automne, aussi Alice jeta-t-elle vers son hôte, dans le miroir au-dessus du feu, un œil intrigué. Il n'avait quitté ses amis que quelques minutes après le dîner, le temps d'allumer ce feu justement, et justement aussi dans cette chambre au dernier moment recommandée par Jérôme. Il la regardait, elle le voyait debout sur le seuil de la porte, elle voyait son reflet, le reflet de ce corps droit, les deux mains toujours jointes dans le dos, et surtout ce regard, ce regard qui effleurait lentement la chambre, les fenêtres, le feu, le lit, le parquet luisant, ce regard de propriétaire, connaisseur et comblé, ce regard qui ne changea pas d'expression en se posant sur elle, jusqu'au moment où il croisa le sien dans la glace et où il cilla. Elle se retourna vers lui brusquement, gênée et agacée qu'il l'ait surprise à le surprendre et en proie à une vague d'hostilité, d'exaspération surtout à l'idée de ce que les plans préalables, les pronostics amusés de Jérôme se soient révélés si justes et ses conseils si superflus. Agacée que son action à elle, son rôle, pour une fois enfin qu'elle se voulait utile, se désirait utile, fût si peu de chose, ou fût dû à quelque chose dont elle était si peu responsable. Il montait en elle une vieille colère, pourtant depuis longtemps oubliée, une vieille révolte de femme-objet ; et le désir de ce petit-bourgeois possessif, béat, satisfait de ses meubles, de ses maisons, de ses usines et de ses maîtresses, ce regard qui osait l'assimiler elle-même, d'avance, à ces possessions primaires et prétentieuses, la mettait brusquement hors d'elle. Elle l'eût frappé s'il eût été plus près. Mais comme prévenu, mystérieusement alerté, Charles Sambrat, sans dire un mot, traversa la chambre à grands pas, ouvrit la fenêtre, poussa les volets et s'exclama, la tête dehors et sans même se retourner : « C'est complètement idiot, il faut absolument que vous voyiez ça, vous savez que c'est la pleine lune, ce soir. Cela va être superbe. N'oubliez pas de la regarder, de faire un vœu. » Et, aussitôt revenu à la porte « et de prendre l'air », conclut-il, comme s'ils avaient tous passé la soirée dans une cave et non sur une terrasse.

Alice Fayatt s'endormit aussitôt après son départ et elle oublia et ce regard et cette arrivée dans cette chambre, et ce miroir. En se réveillant à moitié dans la nuit elle se rappela juste que cet homme était grand, avec des grandes mains, qu'il avait ouvert d'un geste large les persiennes sur ces arbres aux feuilles noires découpées sur un ciel tremblant et bleu sombre. Et qu'une seconde le monde avait chaviré sous la poussée de la main de cet homme, sous sa voix, son rire, sa timidité, et qu'Alice elle-même avait chaviré en même temps que les volets, dans la voie lactée et dans la nuit paisible, dans le sommeil et la sécurité. Car il y avait un an à présent qu'elle fuyait et qu'elle se cachait avec Jérôme. Il y avait un an qu'elle avait peur et qu'elle méprisait sa peur. Et là, un instant, debout sur le plancher craquant de cette chambre de province, le gravier crissant sous les pattes poilues des deux chiens dans la nuit, elle avait oublié que ce pouvaient être d'autres pas qui feraient crisser ce gravier à l'aube, peut-être bientôt.

« Ton amie a l'air d'aimer cette maison », dit Charles Sambrat en se rasseyant dans le fauteuil en face de Jérôme dont il ne distinguait plus maintenant, le soir étant tombé, que la longue silhouette, l'éclat de l'œil et les mains blanches ; mais il connaissait par cœur son corps dégingandé, ses cheveux et ses yeux pâles, son visage aux traits un peu trop fins. Un ensemble qui faisait de lui, aux yeux de Charles, un homme tout aussi vilain que les autres.

« Et toi, comment la trouves-tu ? » demanda Jérôme.

Charles s'immobilisa, stupéfait. Depuis le jour où Charles avait emmené Jérôme, encore puceau, au bordel, la même semaine d'ailleurs où Jérôme avait emmené Charles déjà ignare au Louvre (mais il fallait bien reconnaître que la decouverte des femmes avait eu plus de retentissement sur la vie de l'un que celle de la peinture sur la vie de l'autre), depuis cette lointaine période donc, ils n'avaient jamais échangé le moindre commentaire sur leurs conquêtes diverses ; et Jérôme surtout n'avait jamais sollicité l'approbation de Charles qui au demeurant trouvait les filles de son ami assez jolies mais fort ennuyeuses. Et voilà que ce soir-là, après cinq ans de séparation, ce soir-là où justement il lui ramenait la plus belle des femmes, la plus désirable, la seule désormais aux yeux de Charles, il fallait qu'il lui demandât son avis ! Charles hésita un instant à lui dire la vérité, c'est-à-dire : « Alice est pour moi, à moi, il me la faut, je la veux et je l'aime. J'ai envie de la séduire et, pire, j'ai envie de la garder. Tu as été fou de l'amener ici. Même si je n'ai qu'une chance sur cent, je la tenterai. » Mais il se tut. Non pas par prudence, mais par superstition. Car la chance qu'il avait, cette chance sur cent, il ne savait pas trop sur quoi elle reposait. Charles, en effet, ne comptait jamais sur son physique malgré tous les succès que celui-ci lui avait procurés depuis plus de quinze ans. Il savait qu'il plaisait mais cela lui paraissait comme une espèce de certificat de bonne santé, une sorte de visa qui lui permettait d'explorer un pays et non pas de s'y installer. Trouvant naturellement les hommes fort laids, il n'imaginait pas qu'il pût plaire aux femmes sinon par sa gaieté et un partage aussi équitable que possible de plaisirs physiques auxquels il tenait énormément. Enfin, il y avait tant de modestie dans sa beauté que l'on ne pouvait le haïr. Les rares femmes qu'il ne désirât pas et les hommes auxquels appartenaient les autres ne songeaient point à reprocher quoi que ce soit à Charles Sambrat. Aussi affichaient-ils une espèce de condescendance, une sorte de dédain ou de légère distraction quand il leur parlait, et se vengeaient-ils ainsi le plus platement et le plus prudemment possible, de l'attention que lui portaient les autres femmes. Et Charles Sambrat en était venu à se considérer comme peu intelligent ou tout au moins à considérer cette faculté mineure chez lui ; il en souffrait vaguement, comme d'une sorte d'infirmité, d'une de ces infirmités bonasses dont les autres se moquent, que l'on accepte en riant de se reconnaître mais qui, parfois, vous cause une meurtrissure bizarre.

Cette modestie, et du corps et de l'esprit, Jérôme la connaissait chez Charles et c'était peut-être elle qui lui avait fait accepter, et même aimer, pendant des années la compagnie de son ami.

« Alice, je la trouve superbe, absolument superbe », répondit Charles enfin, d'une voix plate, mais après un temps qui leur parut trop long à tous les deux et qui fit que Jérôme se tourna vaguement dans son fauteuil, s'agita, se rappela soudain qu'Alice était une femme, malgré tout son raffinement et que les femmes, même raffinées, restaient rarement insensibles à Charles.

« Et comment marchent tes affaires ? » demanda-t-il tout à coup, ce qui lui attira de nouveau un regard stupéfait de Charles. Les affaires avaient toujours dégoûté profondément Jérôme, en tout cas, profondément ennuyé. C'était même un de leurs rares sujets de discussion tabous.

« En ce moment, tu sais, le cuir... »

Il semblait se justifier, et Jérôme se mit à rire.

« Tu as toujours les mêmes doutes sur ton efficacité en affaires ? Charles, réponds-moi ! Tu continues à douter de tes capacités intellectuelles ?

— Personne ne m'a jamais demandé d'en avoir, tu sais, dit Charles. Sauf toi, peut-être, quand tu voulais faire mon éducation. Mais il y a longtemps de ça. »

Et il alluma une cigarette en levant les yeux vers Jérôme qui crut voir se lever dans l'ombre le regard triste et doux d'un bel animal incompréhensif. Il en fut un instant touché. Tout ce que Charles avait pu dire ou faire, son entrain même à les recevoir, sa bonne humeur, toute son attitude avait confirmé, collé, en fait, à la description préalable que lui, Jérôme, en avait faite à Alice. Et il avait vu celle-ci sourire parfois devant la vérité de ce croquis : au point que Jérôme s'en était senti gêné, coupable même ; bêtement, car, après tout, si Charles n'avait d'autre exigence que celle de son tempérament et d'autre ambition que celle de son confort, le décrire comme beau, médiocre et gentil n'avait rien eu de si mesquin. La vérité était mesquine, Charles était mesquin et non pas lui, Jérôme.

« Tu es intelligent, Charles, mais tu ne vis qu'avec des crétins, comment veux-tu rester intelligent ? Tu as toujours eu les mêmes copains, les barmen de Lyon, les médecins d'ici, tous tes petits copains flambeurs, coureurs et cavaleurs. Tu es toujours aussi indulgent, mon pauvre vieux.

— Et toi, toujours aussi condescendant ? » demanda Charles tout à coup, si vite que Jérôme resta coi. Il avait oublié, bizarrement, que de l'esprit brumeux, paisible, et apparemment si futile de son ami, pouvaient jaillir, parfois, des éclairs d'intelligence et d'ironie.

De toute façon, il n'était pas question pour Jérôme de régler ce problème ce soir ; il fallait qu'il eût Charles comme ami, qu'il le gardât comme ami, et maintenant comme soutien et comme complice.

« Je m'en veux, dit-il. Je me suis mal exprimé. Quand j'ai dit indulgent, cela n'avait rien de péjoratif.

— Mais si, dit Charles. Et pour moi aussi, c'était péjoratif, " condescendant ". De toute manière, nous nous le sommes toujours reproché l'un à l'autre ; alors, qu'importe, parlons d'autre chose. »

Il y eut un instant de silence, puis Jérôme se mit à rire, de son rire hésitant, gêné, juvénile, auquel Charles fit aussitôt écho, avec grand soulagement ; car s'il était parfaitement indifférent au jugement de Jérôme, en revanche c'est avec une fureur insensée mais grandissante avec le temps, avec les heures, avec les minutes, qu'il regardait cet homme blond, ce vieux collégien qui allait tout à l'heure monter, sûrement, inévitablement, dans le lit blanc d'Alice. Qui allait la toucher, l'embrasser, la réveiller. Cet homme, là, à deux mètres de lui et qui était soi-disant son ami, allait s'allonger sur ce corps si souple, si long, allait embrasser ces yeux si gris et ces cheveux si noirs, et surtout cette bouche si rouge. Cette bouche si précisément ourlée, à seule fin peut-être d'y endiguer le sang qui la renflait et dont le flux et le reflux soulignaient la rougeur et la plénitude.

Cette bouche si pleine que Charles savait qu'en y appuyant sa bouche à lui, il sentirait aussitôt battre comme dans un autre cœur inconnu, independant et affolé, le sang tiède, salé et sucré de cette femme. Oui, il détestait Jérôme. Il aurait mieux fait de les jeter dehors tout à l'heure, de ne pas les laisser entrer, passer sa porte, plutôt que de s'imposer à lui-même les imaginations et les fantasmes nocturnes qui l'attendaient. Ce n'était pas une vieille amitié qui le retenait en cet instant même de les jeter dehors ; ce n'était pas non plus l'éducation : c'était l'espoir, l'espoir fou, le désir mortel de pouvoir un jour rejoindre lui-même Alice, dans ce lit sous la couverture de crochet. Si un jour cela lui était permis, il ne resterait pas, lui, Charles, sur une terrasse, à marmonner des banalités avec un vieil ami. Lui, il serait déjà là-haut, penché ; penché sur son double, sur sa femme, sa sœur, sa fille, sa maîtresse, son amour. Il ne resterait pas là à échanger des sottises avec un étranger, un infirme, un mâle, bref.

Son désir devait être contagieux, car Jerôme s'étira dans son fauteuil, bâilla ostensiblement, tendit les jarrets. Il etait sur le point de se lever et Charles cherchait désesperément un moyen de le retenir : la politique, bien sûr, il n'y avait que la politique! Jérôme devait être pour ou contre Pétain : étant donné que Pétain représentait l'ordre établi, il devait être antipétainiste, c'était sûr.

« Que penses-tu de Pétain, toi ? » demanda-t-il.

Il parlait, renverse dans son fauteuil, d'une voix distraite, mais sans regarder Jerôme, de peur d'être surpris ou deviné. Car, si Charles n'avait pas perdu l'envie de faire des bêtises, il n'avait pas non plus perdu le souci d'être surpris à les faire. Et, passé trente ans, cela l'inquiétait lui-même un peu. C'est donc sans le voir qu'il sentit Jérôme se détendre, retirer les mains des accoudoirs de son fauteuil et se reinstaller. Et, pendant que Charles se félicitait de son habileté, Jérôme, lui, se félicitait de sa patience. Il allait enfin savoir, maintenant, comment Charles avait evolué.

« A vrai dire, je n'en pense pas grand bien ; et toi ? demanda-t-il prudemment.

— Oh, il n'est pas si mal, il n'est pas si mal, dit Charles, subitement éveillé et discoureur. Non, non, je ne le trouve pas si mal du tout, il nous a évité le pire après tout. »

Jérôme se força à respirer avec lenteur ; ce genre de conversations, il les avait subies à Paris depuis deux ans, de même que depuis trois ou quatre ans il entendait dire que Hitler n'était peut-être après tout qu'un bon Allemand, soucieux de son pays ; et, par moments, il se demandait s'il n'allait pas un jour ou l'autre craquer et sauter à la gorge de ses interlocuteurs. Que ces imbécillités soient dites par ignorance ou par hypocrisie, elles étaient dites avant tout dans un grand souci de confort et de paix intérieure et c'est ce qui l'exaspérait le plus.

« Parce que tu ne trouves pas que nous sommes dans le pire ? » demanda-t-il d'une voix qu'il essayait de contrôler, de garder amusée.

Charles eut un geste de·la main, en signe de réponse, qui désignait les prés, la maison, les collines au loin, qui le désignait lui-même, allongé et bien nourri, qui désignait tout ce qu'il avait gardé intact et réjouissant malgré les giclées de sang qui éclaboussaient l'Europe.

« Oh, moi, dit-il, on est en zone libre comme tu sais, c'est peut-être très différent. Que se passe-t-il donc de si épouvantable en zone occupée ? J'ai entendu dire qu'ils étaient corrects ces Germains ?

— Il y en a parfois un, en effet, qui laisse son siège à une vieille dame dans l'autobus, dit Jérôme, et tout le monde se félicite et se congratule de l'œil, comme si on avait choisi le bon occupant. Mais pendant ce temps-là, leur petite police secrète, les S.S., la Gestapo arrêtent tout ce qui est juif, tout ce qui est communiste et envoient tout ça, femmes et enfants compris, dans des camps dont ils ne reviennent pas. »

Jérôme avait la voix essoufflée et un peu rauque de colère, remarqua Charles. Décidément, il tenait le bon bout, il allait pouvoir le garder près de lui jusqu'à l'aube. En relançant prudemment quand même et pas trop loin le bouchon, il avait de bonnes chances.

« Quand tu dis " dont ils ne reviennent pas ", tu veux dire qu'ils n'en sont pas encore revenus, il faut peut-être attendre la fin de la guerre. Il y a l'Angleterre encore et, Dieu merci, les Etats-Unis et d'autres qui vont s'en mêler. Parce que enfin, ils ne vont pas passer toute leur vie ici, quand même, dit Charles, brusquement agacé lui aussi. Sois logique, Jérôme, ils ne peuvent pas habiter deux pays à la fois, ils ont des femmes qui les attendent, il faut leur faire des enfants pour le Führer, ils ne vont pas camper interminablement dans Paris et dans Versailles, non ?

— Mais je crois bien que si, figure-toi. Ils ont pris une bande d'enfants au sein de leur mère, ils les ont mis dans des espèces d'écoles spéciales, d'où ils sortent en rangs d'oignons pour s'engager dans l'armée et remplacer leurs aînés sur les champs de batailles ou dans les villes occupées. Nous aurons des gardiens, des " matons " de plus en plus jeunes, mais nous les aurons, fais-leur confiance. Tant qu'il y aura quelque chose à piller ou quelqu'un à tuer dans cette belle France, ils y resteront.

— Ça pour piller, ils pillent, admit Charles, pour une fois d'accord. Tu n'imagines pas en quoi je suis obligé de faire mes chaussures : en paille, en bois, en résidus de caoutchouc, dans des vieux pneus, une horreur ! Ça mon vieux, je peux te dire, pour piller, ils pillent ! Il n'y a plus un brin de cuir dans toute l'Europe. »

Il y eut un silence et Jérôme se leva tout à coup, l'air las.

« Eh bien, tu vois, dit-il, finalement nous sommes d'accord. Nous sommes pillés par nos vainqueurs et ils partiront bien un jour, à moins que leurs enfants ne les remplacent ! Voilà le programme pour l'avenir : si ça te plaît, ça te plaît ! Moi, je vais dormir, là-dessus.

— Mais voyons, dit Charles atterré, mais voyons, on peut discuter un peu, non ? Ne t'énerve pas comme ça ! »

Jérôme restait debout devant lui, sur un pied puis sur l'autre. Il avait l'air fatigué et vaguement intrigué, il le regardait comme il eût regardé un parfait inconnu, pensa Charles, et il baissa les yeux malgré lui.

« Tu es devenu comme ça, hein, Charles ? demanda Jérôme tout à coup, d'une voix jeune, une voix sincère pour la première fois depuis son arrivée. Tu es devenu comme ça, maintenant, Charles ? Tu te plains de ne pas avoir de cuir pour tes chaussures et quand on emmène des petits enfants à l'autre bout de la terre parce qu'ils ont le nez plus ou moins courbé, ça ne te dérange pas ? Tu en es arrivé là, Charles ? Tu as entendu parler des pogroms juifs quand même, non ? Tu t'en fiches à ce point, des juifs ? »

Charles releva la tête d'un coup, furieux :

« Oh, oh, dis donc, Jérôme, calme-toi. Tu sais très bien que pour moi les juifs ça n'existe pas, ça n'a jamais existé, je ne sais même pas ce que c'est, quelle différence il y a. Tu me dirais que tu es juif, que je suis juif, ça me serait complètement égal, ça ne ferait aucune différence, tu sais quand même ça, Jérôme ?

— Peut-être, dit Jérôme, peut-être en effet, pour toi c'est vrai, mais, pour eux, il y a une différence, vois-tu, une différence totale. Un juif n'est pas un Allemand, un juif n'est pas un aryen et par conséquent il n'a pas le droit de vivre. Est-ce que tu comprends ?

— Tu exagères, dit Charles machinalement. Ecoute, assieds-toi, Jérôme, tu me donnes le tournis, ne parle pas de ces choses-là comme ça, debout, avec un pied levé. Assieds-toi, répéta-t-il brusquement. Assieds-toi, nom d'un chien, on ne s'est pas vus depuis cinq ans, tu peux me parler cinq minutes ! Après tout, tu sais, continua-t-il, je suis un petit peu seul, tu sais, ici, ce n'est pas très gai tous les jours depuis qu'Hélène est partie. »

Il commençait à s'attendrir réellement sur lui-même et se sentait le cœur serré tout à coup devant ce portrait qu'il dressait à Jérôme. Il en oubliait son soulagement, lors du départ d'Hélène, sa joie, et la fiesta qu'il avait faite, depuis, avec sa vieille voiture dans toutes les villes des environs. Il en oubliait Lalie, et la petite buraliste de Véron et il oubliait Mme Marquez, il oubliait enfin... bref, il était ingrat. Il était ingrat, il était menteur et Jérôme devait le savoir puisqu'il riait de son méchant petit rire sarcastique. Il riait, mais il s'était rassis et après tout, cela seul importait.

« Dis donc, dit-il, dis donc, Charles, c'est moi ! Oh, oh, rappelle-toi : c'est moi Jérôme. Et cette grande gourde d'Hélène, que fait-elle à Lyon ? Tu as des nouvelles ? Si j'ai jamais vu une enquiquineuse, c'est bien celle-là. Où as-tu été pêcher une intellectuelle, toi, Charles ? Qu'est-ce qui t'as pris ?

— Elle m'avait snobé, dit Charles tristement, en regardant les ongles de ses mains, comme chaque fois qu'il avait un peu honte. Elle m'avait snobé ; je l'avais trouvée épatante, quoi ! Tu sais, c'était une époque où je ne savais pas trop quoi faire de moi, tu étais à Paris, j'avais loupé mes études, ta scarlatine nous avait empêchés de partir pour la guerre d'Espagne, bref, je suis tombé amoureux, enfin, j'ai cru que j'étais tombé amoureux, et voilà. Et comme c'était une fille qu'on épouse, je l'ai épousée. Et comme elle n'était pas pour moi, elle est partie. Et comme elle est partie, je suis resté seul et j'ai cavalé, mais ça ne change rien au fait que je suis un homme seul, Jérôme, comprends-le.

— Tu dis seul, et tu penses libre tout le reste du temps, dit Jérôme rudement. Tu es fait, tu es né pour être libre vingt-trois heures sur vingt-quatre, et te sentir seul une demi-heure.

— Ecoute, dit Charles plaintivement, tu n'es pas venu me faire un cours de morale quand même ! Si ?

— Non, dit Jérôme, en effet, je ne suis pas venu te faire un cours de morale. D'ailleurs, je vais me coucher ! »

Et il se relevait, l'animal, il repartait ! Mais qu'il était donc énervant, à la fin ! Non, il fallait décidément se cantonner à la politique, la politique seule l'intéressait, comme d'habitude. Charles envoya précipitamment, brutalement :

« Je ne parlais pas d'un point de vue moral, tu sais

bien, Jérôme. Mais est-ce que tu crois vraiment qu'il n'y a rien d'intéressant dans le nazisme ? »

Il y allait un petit peu fort, bien sûr, et il s'en rendait compte, mais il n'avait pas le choix. C'était ça, c'était dire des bêtises effroyables ou alors c'était imaginer pendant une heure, une heure et demie — il ignorait combien de temps pourrait durer son insomnie — c'était imaginer Jérôme dans les bras d'Alice, Alice ouvrant les bras à Jérôme, refermant les bras sur Jérôme, embrassant les joues, les yeux, la bouche de Jérôme. Non, non, non, non, non, cela était impossible.

« Le nazisme ? disait Jérôme, très loin là-bas, très, très loin. Le nazisme ? Est-ce que tu es devenu fou, Charles ? Tu sais ce que c'est, le nazisme ? Enfin, on a toujours été d'accord là-dessus, non ?

— Eh bien, j'ai réfléchi, dit Charles, je me demande si cette théorie de l'ordre, tu sais, et de l'homme supérieur, bon, ça n'est pas apparemment très démocratique ; mais est-ce qu'il ne faut pas, par moments, dans certaines périodes tragiques, prendre des mesures tragiques ? La fin ne justifie pas les moyens, dit-on, dis-tu, mais est-ce que parfois il ne faut pas, je ne sais pas, moi... »

Jérôme avait légèrement bougé la tête, un reflet venu de la maison tombait sur son visage et il avait l'air encore plus pâle que tout à l'heure, si cela était possible. Décidément il devait être très fatigué, il avait l'air crevé, ce pauvre Jérôme ! Charles se sentait apitoyé tout à coup ! S'il n'y avait pas eu cette superbe Alice, cette belle Alice, cette irrésistible Alice, comme il aurait été content de retrouver Jérôme, de l'emmener avec lui dans des ribouldingues stupides où il aurait ri malgré lui. à Valence chez la mère Pierrot, ou à Romans chez le docteur Lefébure! Car il avait beau dire, Jérôme pouvait aussi rire de temps en temps, enfin il pouvait autrefois. Il ne fallait quand même pas aller trop fort! Jérôme le connaissait bien, ils avaient ensemble assez parlé politique et ensemble fait leurs bagages pour Madrid.

« Bien sûr que non, dit-il, je n'aime pas le nazisme, je déteste le nazisme, tu le sais bien, Jérôme, simplement je me demandais s'il n'y avait pas eu quelque chose de bon, enfin de salutaire pour les Allemands après des années et des années de misère, de famine. Je me demandais si Hitler ne les avait pas, euh... aidés d'un simple point de vue quotidien, tu vois?

— Qu'est-ce que tu appelles le quotidien? »

La voix de Jérôme, qu'il ne distinguait pratiquement plus, était lourde, amère. C'était la voix d'un homme adulte et, à sa grande surprise, Charles se sentit subitement vieux. Pour la première fois de sa vie, il se sentit vieux, du même âge que cet homme, enfin cet adulte, qui lui parlait du monde et des ravages du monde, et du poids du monde, et de la responsabilité et qui le mettait dans le même panier que lui, il en était sûr! Charles était sûr que Jérôme le pensait responsable, en même temps que lui, de la disparition d'enfants juifs. Et pourtant Dieu sait qu'il n'y était pour rien, nom d'un chien! Jérôme était exaspérant pour ça, Jérôme le mettait toujours dans des pétrins inextricables et, Dieu merci, étant honnête, il s'y mettait aussi. Le temps qu'il se débrouille de celui-là, l'aube aux doigts de rose serait enfin levée et Alice aurait dormi seule !

Il chercha une cigarette dans sa poche, l'alluma et demanda joyeusement : « Et d'abord, comment es-tu sûr pour les enfants juifs ? »

Et c'est ainsi que dans son désir de le tenir loin d'Alice le plus tard possible, il discuta fort tard dans la nuit avec Jérôme de la vie politique. Et c'est ainsi qu'il défendit fort âprement et avec une conviction qu'il n'éprouvait pas, et les mérites du maréchal Pétain, et la bonne éducation des occupants. Ravi et soulagé de quitter Jérôme un peu avant l'aube, un Jérôme étonnamment désolé et abattu par ces considérations si abstraites que, généralement, venant de Charles, il n'écoutait même pas.

CHAPITRE II

Alice avait dormi d'un trait sans se réveiller une seule fois, comme si son corps, même assoupi, se fût senti en sécurité. Elle s'était réveillée à peine surprise, sans hâte, dans cette grande chambre de province. Sur les papiers fleuris et fatigués, les persiennes mal ajustées laissaient déjà filtrer les jets d'un soleil précoce, le soleil de mai 42. Elle entendait des bruits différents de ceux de la ville. Quelqu'un élaguait un arbre au loin à coups irréguliers. Un homme, à la grosse voix indistincte, discutait avec une femme rieuse et des volailles dans la ferme voisine caquetaient avec fureur. Seul le bruit du torrent là-bas au bout du pré faisait une rumeur constante. En fermant les yeux, elle imaginait des gens, des attitudes, des gestes différents, distincts, et cela la reposait bizarrement de cette agitation grondante et sourde, anonyme, où baignait Paris.

Elle tendit sa main vers sa montre. Il était onze heures du matin. Elle avait dormi douze heures et elle se sentait bien, admirablement bien. Elle aurait aimé rester des mois, des ans, entre ces draps un peu épais, dans cette chambre où traînait encore l'odeur du feu de bois de la veille. Mais Jérôme devait déjà l'attendre en bas avec son drôle d'ami, le séducteur du Dauphiné.

Elle se leva, poussa les volets. La terrasse et ses platanes somnolaient au soleil. Entre ses peupliers, le bassin brillait plus loin. Les rocking-chairs de la veille étaient toujours là. Simplement le plateau du petit déjeuner avait succédé aux tasses de café sur le guéridon de fer. Elle mourait de faim, lui sembla-t-il, en détaillant le pain, le beurre et la confiture exposés juste au-dessous d'elle. Charles tournait le coin de la maison. Il leva la tête comme appelé, et il eut droit de sa part à un sourire épanoui.

« Déjà debout ? » cria-t-il.

Il se planta au-dessous d'elle, les mains sur les hanches, la tête levée, si évidemment enchanté de la voir qu'elle continua à lui sourire. Il était beau d'ailleurs, avec la chemise ouverte sur sa peau hâlée, la masse de ses cheveux noirs luisant dans le soleil, ses yeux marron et liquides, ses dents blanches. Il ressemblait à un très bel animal très sain, à un bel homme heureux en somme — et peut-être n'était-il en fait que ça : un homme heureux. Peut-être était-il même spécialement doué pour ça, pour le bonheur, et Alice avait toujours eu une confuse admiration pour ces privilégiés rarissimes.

« J'ai dormi comme un plomb, dit-elle, cette maison est encore plus jolie le matin que le soir. »

Il y eut un silence. Il la regardait souriant, la tête rejetée en arrière, et toute son expression approuvait

le spectacle. Il laissa passer une seconde, délibérément, puis enchaîna :

« Vous n'avez pas faim ? Je vous monte un plateau.

— Non, non, dit Alice en se reculant de la fenêtre.
Ne vous dérangez pas, je vais descendre. » Mais elle
battit en retraite vers le lit où sa chemise de nuit
transparente la gênerait moins.

« Où est Jérôme ? » cria-t-elle stupidement vers la
fenêtre.

Elle n'eut pas de réponse. Elle avait un léger fou rire
en se recouchant précipitamment. Alice Fayatt au
petit déjeuner, craignant les avances d'un maroqui-
nier empressé ! Elle avait trente ans et le peloton
d'exécution l'attendait beaucoup plus sûrement que le
viol. Pourquoi galopait-elle comme une jeune vierge
effarouchée se réfugier entre ses draps ? On rêvait !

« Et voilà ! dit Sambrat, entrant de biais dans la
porte, un énorme plateau entre les bras. Voilà un
miracle de plus, je n'ai rien renversé ! Je vous le mets
sur les genoux ? C'est bien du thé que vous buvez ? Ou
bien Jérôme a-t-il encore tenté de me nuire à vos
yeux ? »

Il posait le plateau sur les genoux d'Alice, se
perchait lui-même au pied de son lit, lui versait le thé,
lui tendait le sucre, commençait à lui beurrer ses
tartines, puis abandonnait brusquement ses tenta-
tives et allumait une cigarette avec volupté.

Alice retrouvait les charmes exquis d'un bon thé,
d'un beurre copieux sur une assiette, d'un pain presque blanc. Alice oubliait pratiquement le reste du

monde. Elle ne voyait plus en Charles que le génereux donateur de toutes ces délices inouïes; elle mangeait, elle buvait sans un mot, l'œil affable mais lointain. Tandis que Sambrat se dilatait de fierté et de plaisir, la cigarette au coin de la bouche, comme dans les films de truands.

« Vous fumez comme les gangsters de cinéma », dit-elle soudain.

Il lui jeta un coup d'œil inquiet avant de retirer la cigarette de sa bouche, l'air vexé.

« Et vous, vous mangez comme l'espiègle Lili, dit-il. Vous avez de la confiture sur le menton, on dirait du jaune d'œuf, en plus.

— Non? » dit Alice horrifiée. Et elle se redressa dans son lit, frotta énergiquement sa serviette sur son visage, en vain, jusqu'à ce qu'il éclatât de rire, enchanté de sa farce.

« Mais ce n'est pas vrai, vous êtes menteur en plus! s'exclama-t-elle.

— En plus de quoi? »

Et comme elle se taisait, ennuyée, Charles enchaîna de lui-même : « En plus de paresseux, d'égoïste, de bourgeois et de fasciste.

— De fasciste, releva-t-elle, mais pourquoi?

— Ah! Mais alors il est bien évident que vous n'avez pas revu Jérôme depuis hier soir, dit Charles, avec un petit hochement de tête plein de satisfaction, voire d'approbation qui scandalisa vaguement Alice, j'ai passé la soirée à faire le nazi et le collaborateur jusqu'à l'aube. Tout ça pour l'empêcher de... enfin, de vous réveiller. Je pensais qu'il valait mieux que vous dormiez tranquille... bredouilla-t-il, après le voyage, le changement de climat. »

Alice se laissa retomber sur son oreiller. « Jérôme a dû être furieux, décida-t-elle d'un ton placide. Il a horreur des fascistes. En fait il supporte mal ces uniformes allemands, partout, dans Paris.

— Moi, ça me rendrait fou aussi ! dit Charles avec sympathie. Je vous jure que si je n'avais pas des choses sérieuses à faire, je serais sûrement en train de jouer les zigotos dans les maquis, avec l'escopette de mon grand-oncle. »

Alice le regardait, clignant un peu des yeux dans la lumière. Charmante, elle était plus que charmante, pensa Charles, attendri.

« Ah bon », dit-elle. Et elle rebeurra pour la dizième fois, remarqua-t-il, la même tranche de pain. En avant, en arrière, d'un côté, de l'autre. « Ah bon... Et quelles sont ces choses sérieuses qui vous empêchent de jouer de l'escopette ?

— Je dois faire marcher l'usine de ma famille, dit-il sombrement. C'est une usine qui fait vivre d'une part quatre-vingts types, les ouvriers, leurs femmes et leurs petits chérubins ; plus des actionnaires et des gens de ma famille ; plus moi. Enfin bref, tout ça ce sont des histoires assommantes pour les femmes.

— Parce que les femmes ne sont pas faites pour les affaires, elles sont faites pour parler de leurs bébés et rester à la maison, n'est-ce pas ? » dit Alice en déposant sa tartine intacte sur le plateau, avec précaution, comme si elle craignait de la lui jeter à la tête, songea-t-il.

38

« Ah ça, non! Non! dit Charles avec fermeté, avec ferveur même. Les femmes sont faites pour sortir au contraire, pour sortir dans les rues, pour plaire aux hommes, pour les rendre fous d'amour, pour les rendre fous de malheur. Elles sont faites pour prendre des bateaux, pour prendre des trains, pour aller partout faire rêver les hommes. Ah non, elles ne sont pas faites pour rester à la maison... Ça, je n'ai jamais dit ça!

— C'est pour ça peut-être que votre femme vit à Lyon, sans vous? » s'entendit dire Alice, et en même temps elle se sentit rougir et elle leva la main vers son visage comme pour se frapper elle-même. « Pardon, dit-elle, je ne voulais pas, je ne pensais pas vraiment...

— Ma femme ne s'amusait pas avec moi, dit Charles tranquillement. Elle aime beaucoup la société, et ici bien sûr... »

Il eut un geste vague vers la fenêtre, vers des champs sans doute peu fréquentés. Il chercha un paquet de cigarettes dans sa poche, en sortit une, la tapa contre le paquet, tout cela les yeux baissés. Mais il avait eu le temps au passage d'entr'apercevoir le visage d'Alice, pâle, extrêmement pâle et de s'en délecter.

« Je ne sais pas ce qui m'a prise, dit-elle d'une voix basse. J'ai été grossière et bête. Vous m'en voulez beaucoup, Charles? »

Et comme il ne répondait pas, qu'il fixait au contraire le drap du lit, il vit une longue main aux longs doigts et aux longs ongles ovales entrer dans son champ de vision, s'avancer vers sa main à lui toujours posée sur son paquet de cigarettes et il eut le temps aussi de comparer la fragilité de cette main étrangère et la force de la sienne, la couleur blanche de l'une et la couleur hâlée de l'autre avant de sentir, de ressentir la douceur et la tiédeur d'une autre peau contre la sienne... un instant — un instant avant que Jérôme ne rentre dans la chambre et que la longue main d'Alice ne se retire précipitamment de la sienne, d'un geste si coupable que Charles en resta émerveillé, émerveillé et ahuri — un instant, un demi-instant avant de sauter sur ses pieds, loin d'Alice, ostensiblement, comme pour renforcer encore, se dit-elle, leur complicité vis-à-vis de Jérôme, comme pour souligner leur comportement de coupables.

Ah, si ce pauvre garçon savait à quel point Jerôme était loin de se fâcher pour cela, à quel point l'amour, la tendre bataille de l'amour, était éloignée de leur bataille actuelle. Mais il n'y avait que Jérôme et elle pour le mesurer. Elle s'étonna de voir le visage de Jérôme, justement, rougir, de cette rougeur qui signifiait chez lui la colère ou la gêne.

« Nous discutions de nos tartines », dit Charles mentant inutilement et délibérément devant elle, l'entraînant dans son mensonge et — si cela avait été possible — la faisant encore plus sa complice.

Même en vain, songeait Alice, il était assez finaud pour un séducteur de province. Et le remords qu'elle avait éprouvé un instant plus tôt de l'avoir attaqué bassement sur sa vie conjugale, l'attendrissement que la modestie, voire la candeur de ses réactions lui avaient procuré firent place, très vite, à l'intuition, fulgurante, méfiante, d'un tout autre caractère ; intuition tout aussi vite disparue d'ailleurs car les deux hommes faisaient assaut de niaiseries à présent, se tapant très fort dans le dos, se donnant des airs de campagnard et de bouseux, comme dans les vieux films paysans de l'avant-guerre.

« Alors vieux chien, disait Charles, on a bien dormi à la campagne, on a été réveillé par les doux petits oiseaux ? C'est le bruit des poubelles qui t'a manqué ou alors serait-ce tout bêtement le bruit des bottes nazies sous les fenêtres de ton boulevard Raspail ? Heil schnump, heil schnell, poum-poum-poum-poum-poum. Ein, zwei, ein, zwei, ein, zwei, ein, zwei, heil Hitler, ein, zwei, poum-poum-poum... »

Et il riait, l'imbécile, songeait Alice, il riait et jetait même vers elle un clin d'œil complice, comme si l'antipathie de Jérôme pour les Allemands n'eût été qu'une légère obsession, un petit travers des plus cocasses. Jérôme, lui, sifflotait entre ses dents, mais il sifflait du vent, il ne sifflait aucune musique, avec l'air exaspéré, stoïque, de l'homme contraint à se taire. Il avait, en fait, un air comique... C'était vrai, oui, qu'il était comique, avec cette longue figure qu'il arborait tout à coup devant les bêtises stupides, atroces, inconscientes peut-être, mais lamentables de ce garnement de son âge, de ce Charles, de son meilleur ami. Ah ! ils étaient bien faits l'un pour l'autre, finalement, ces deux nigauds ! Et Alice éclata de rire, d'abord nerveusement, puis très vite, quelque chose se cassa en elle, quelque chose qu'avaient, d'une manière purement mnémonique, réveillé les pom-pom-pom idiots de Charles, les deux pauvres mots allemands qu'il avait prononcés d'une voix ridiculement rauque mais qui firent que le soleil et le petit déjeuner, ces deux beaux hommes à ses pieds, le vert des feuilles dans la fenêtre, l'éclat du jour, tout, tout devint tout à coup sombre, menaçant, terrifiant. Et Alice releva les mains vers son visage, les mit sur sa bouche comme pour s'empêcher de crier avant de se retourner d'un coup vers son oreiller et d'y cacher son visage.

Il y eut un silence. Alice riait encore mais par petits coups comme on sanglote. Les deux hommes étaient immobiles, les yeux fixés sur elle.

« Sors », murmura enfin Jérôme sans même regarder Charles qui sans le regarder non plus, se retourna et quitta la pièce.

Jérôme était assis sur le lit, il avait le bras gauche autour des épaules d'Alice et de la main droite il lui caressait les cheveux. Il lui parlait d'une voix très basse, très paisible. Alice la reconnaissait : c'était bien sa voix, cette voix si tranquille et si habituée à ses accès, sa voix d'homme tendre, attentif, sa voix de père, de frère, qu'il était pour elle depuis deux ans. Et elle s'avouait une fois de plus qu'elle préférait cette voix-là à l'autre, celle plus haute, plus précipitée et plus juvénile, sa voix d'amant. C'étaient le remords à présent, la mélancolie qui prolongeaient les larmes d'Alice.

Le soleil glissa lentement dans son ciel, passa par-dessus l'arbre et vint se poser sur le bras droit d'Alice, ce bras sorti du drap et pendant hors du lit, hors aussi de la vue et de l'ombre de Jérôme penché sur elle ; et elle sentit la chaleur sèche et pointue du soleil, elle sentit même, mystérieusement, que cette chaleur était jaune, jaune doré. Il faisait beau dehors et tout allait bien. Elle se retourna d'un coup, offrit à Jérôme son visage sûrement tuméfié et enlaidi par les larmes, mais qu'elle n'avait plus honte, à force, de lui montrer. Jérôme avait bien plus souvent vu ses larmes qu'entendu son rire, du moins ce matin-là aurait-il eu les deux.

« Excusez-moi, excuse-moi... » se reprit-elle.' Ils étaient amants depuis six mois mais avaient vécu dix-huit mois ensemble sans l'être ; et elle oubliait parfois ce « tu » auquel Jérôme, lui, tenait tant, malgré, ou d'autant plus qu'elle ne le lui accordait jamais devant les tiers.

« C'est moi qui m'excuse, dit Jérôme. Charles est un type infect. Ne m'en veux pas, je n'aurais jamais dû t'amener ici. Mais je ne pensais pas qu'il deviendrait un tel salopard.

— Pourquoi un salopard ? demanda Alice. Il est insensé ou inconscient et d'une maladresse incroyable mais...

— ... Tu ne sais pas les propos qu'il m'a tenus hier soir », dit Jérôme violemment. Il se leva et se mit à arpenter la chambre. « Ah, cette soirée m'aura suffi, je peux te le dire ! Tu sais, le style : les Allemands finiront bien par partir, c'est une question de temps, d'ailleurs ils sont très, très corrects, tout le monde le sait, cette histoire de juifs c'est de la propagande ; et Pétain... ah oui, Pétain, je cite : " Pétain est après tout un bon ", attends, laisse-moi me rappeler... oui... " Pétain est un bon petit vieux, dans le genre sénile. " Qu'est-ce qui te fait rire ?

— Ah la la, disait Alice riant franchement cette fois, " un bon petit vieux dans le genre sénile !" Quelle expression ! Il est fou ! C'est toi, qui ne sais pas tout ! Il t'a fait marcher hier soir. Il ne voulait pas... Ah, ah, ah... s'esclaffait-elle en renversant à demi son plateau et le rattrapant au vol... ton Charles est vraiment désopilant... il ne voulait pas que tu me rejoignes, c'est tout ! Il t'aurait chanté le *Horst Wessel Lied*, si tu l'avais voulu... rien que pour te retenir plus long-temps. Je t'assure : il me l'a quasiment avoué. »

L'air médusé de Jérôme décuplait l'hilarité d'Alice. Elle se calmait mais quand, profitant de son silence, Jérôme leva la main comme pour prendre la parole dans une assemblée, Alice l'arrêta :

« Je t'assure, dit-elle. En tout cas la première partie de ton plan est plus que gagnée. Pour le séduire, ça je l'ai séduit ! Il n'y a pas de quoi me vanter, d'ailleurs : le malheureux garçon, tout seul ici, à la campagne... la première femme venue ferait l'affaire.

— Non, mais tu plaisantes ? dit Jérôme, outré. Charles tout seul ? Charles sevré ? Mais Charles a deux femmes, deux maîtresses au village, à cinq kilomè-tres ; il en a trois à Valence ; il en a deux à Grenoble ; il doit en avoir une douzaine à Lyon ! Ah, non, laisse-moi rire. Et crois-moi : s'il est séduit, ma chère amie, ce n'est pas faute de choix, ça je te l'assure.

44

— Eh bien, ce n'en est que plus rassurant, dit Alice d'un air paisible. Si c'est l'être humain qu'il aime en moi, et non pas simplement la femelle, nous sommes sauvés. Au fond, pour moi, c'est quand même plus flatteur, après tout... »

Elle s'étira, tendit les bras vers la fenêtre, vers le soleil, respira à fond, expira, dans un geste de félicité toute physique que Jérôme ne lui avait encore jamais vu et qui le fit sourire. C'était un sourire inquiet, troublé, mais si heureux de la voir enfin heureuse ainsi qu'elle s'immobilisa tout à coup, le regarda avec gravité. Et ses yeux gris encore rougis de larmes, de larmes de rire ou de larmes de peur, se diluèrent tout à coup d'une tendresse qu'il perçut avant qu'elle ne fît obliquer ses bras parallèlement, rigides, dans la direction de Jérôme jusqu'à le toucher, jusqu'à déposer les mains sur son cou, sur sa nuque et l'attirer contre son épaule. Elle disait d'une voix étouffée : « Oh, Jérôme, vous m'aimez, Jérôme » avec une intonation qui ne comportait à l'évidence aucune interrogation mais, non plus, aucune possibilité pour lui de relever l'absence de ce tutoiement pour lui si précieux. Puis il se redressa ou elle le repoussa, insensiblement : il ne savait jamais comment et quand se rompaient leurs étreintes.

« Voyons, dit-elle, soyons sérieux. Oublions notre Don Juan un instant. Comment est l'endroit ? Est-il aussi pratique que tu te le rappelais ?

— Merveilleux, dit-il, merveilleux — d'abord comme à regret, celui de quitter l'épaule d'Alice, puis, peu à peu, avec animation. Merveilleux, tu te rends compte, la ligne de démarcation est à vingt-cinq minutes, vingt-cinq kilomètres, presque rien. Le train passe en haut de la colline, tout en haut d'une côte, c'est-à-dire qu'il passe à cinq à l'heure : des vieilles dames peuvent y sauter ou y monter comme des chèvres. Le prochain village est à cinq kilomètres ; il y a huit cents habitants, des braves gens en général qui travaillent pour Charles, en grande partie, et qui l'aiment bien car " il les paie bien et il n'est pas fier ". La gendarmerie comporte un quidam qu'on voit, de temps en temps, un type qui vit seul dans une ferme à côté et qui circule sur un vélo, et qui va chez Charles, faire l'argenterie en cachette, toutes les trois semaines. Ils boivent une bouteille de bordeaux ensemble (ou deux, ou trois) et l'autre lui raconte tout. La première petite ville est à vingt kilomètres, c'est Romans. Pour y aller ou envoyer ses boîtes, Charles dispose d'une camionnette, de trois camions, de sa propre voiture. Enfin, le pays est boisé, montagneux, difficile à connaître. Quant à la mentalité générale de cette province, je la connais un peu, à force d'y passer des vacances avec Charles. Ce sont des gens paisibles un peu avares, mais pas méchants. Et je crois bien qu' " antisémite " est un mot qu'ils ignorent.

— Tu t'imagines, dit Alice, tu t'imagines le nombre de juifs qu'on pourrait passer, peut-être par ici, dans cette maison, puis après dans ce chemin et puis après plus loin l'autre chemin, puis la route et puis enfin le chemin de la mer, et la mer et les bateaux et la paix.

Tu crois qu'on va pouvoir faire tout cela, Jérôme, Jérôme, tu crois qu'on va y arriver ?

— Mais bien sûr, dit Jérôme en riant. Bien sûr qu'on va y arriver. Qu'est-ce qu'on a fait d'autre, depuis quelques années ?

— Qu'est-ce que " toi " tu as fait d'autre ? dit-elle. Moi, je n'ai jamais rien fait, tu le sais bien ; je n'ai jamais aidé personne, je n'ai jamais été que quelqu'un à aider. Mais toi, toi, tu as aidé tout le monde, tout le temps. »

Jérôme ne se sentait absolument pas fier ou orgueilleux ni de sa vie ni de sa personne. Il avait toujours été en retard, il avait toujours eu peur de tout, il avait toujours combattu sa peur, il avait reculé, avant de sauter, devant tout ce qui l'effrayait, il n'avait jamais été très doué pour la vie, il était né boiteux avec l'esprit sceptique et le cœur trop gonflé, il n'avait que des regrets, des nostalgies, il était né déçu, angoissé et amoureux. Et même s'il savait qu'Alice ne le décevrait jamais, même s'il savait qu'il l'aimerait toujours, même s'il savait qu'il souffrirait un jour à mort par cet amour, il savait aussi que c'était cela qui était son lot, et que tout rêve d'amour heureux avec une femme qui ne rêvât que de lui était un autre rêve, différent, né dans le sommeil d'un autre homme.

Il se secoua.

« En attendant, il va falloir convaincre Charles, dit-il en souriant. Il va falloir qu'il admette que son usine peut être brûlée, ses ouvriers fusillés, lui-même torturé, sa maison réduite en cendres. Il va lui falloir admettre qu'il mette tout cela en jeu, s'il veut garder notre estime.

— Ou mes faveurs, dit Alice.

— Ou l'espoir de tes faveurs, rectifia Jérôme.

— Bref, on va tout lui demander sans rien lui donner, c'est cela ? dit Alice. Tu crois que ça marchera, toi ?

— Mais bien sûr, dit Jérôme. Les hommes comme Charles peuvent tout faire pour les femmes qui leur résistent. Ça décuple leur désir. En revanche, si elles leur cèdent...

— Céder, céder, quel vilain mot, dit Alice, c'est un terme de défaite. »

Jérôme s'énervait.

« Mais tu le sais bien : pour tout faire pour une femme, certains hommes ont besoin d'être inassouvis, d'être frustrés...

— ... Ou comblés », dit Alice lentement.

Et elle se détourna. Elle avait ce sourire équivoque qu'il lui avait vu quelquefois à Vienne, dans ces soirées où il l'avait rencontrée avant qu'elle ne soit vraiment malade. Ce sourire ambigu qui figeait les hommes sur ses pas et les laissait derrière elle, immobiles, la suivre du regard, les narines battantes comme si elle eût dégagé un parfum bizarre, inconnu, mais qu'ils reconnaissaient. Ce drôle de sourire qui avait fasciné Jérôme et qui, aujourd'hui, lui faisait à nouveau un peu peur.

« Allons, dit-il en souriant et en prenant le bras d'Alice pour la tirer de son lit, allons... Nous commençons a nous jeter des maximes à la tête, nous ne

sommes pas venus à la campagne pour jouer les
" liaisons dangereuses ".

— Mon Dieu. c'est vrai, dit Alice en riant. Vous avez
remarque comme on se sent vite ridicule quand on
parle d'autre chose que de la guerre, c'est effrayant !
Jérôme, soyez bon, laissez-moi m'habiller et allez voir
ce pauvre Charles qui doit se frapper la poitrine dans
son jardin. Dites-lui que ce n'est pas son pom-pom-
pom qui m'a réduite au désespoir, qu'il n'a pas fait de
gaffe, qu'il n'est pour rien dans mes sanglots hystéri-
ques. Ou plutôt si, au contraire commencez ! commencez à lui raconter le début de ma triste existence, cela
me permettra de lui chuchoter la suite. Courez, volez,
Jerôme mais ne me vengez point. Je vais me lever,
m'habiller et gambader dans les prés. »

CHAPITRE III

Charles était assis sur le perron de sa maison, son chien à ses pieds, mais pas de sa manière habituelle, avec les bras et les jambes jetés à droite et à gauche. Il était au contraire ramassé, ses jambes enserrées par ses bras et le menton sur ses genoux. Il regardait au loin avec ce regard fixe, ce visage parfaitement assuré que lui donnait toujours l'indécision.

Jérôme vint aussi s'asseoir sur les marches, mais à un bon mètre de Charles et alluma une cigarette sans dire un mot. Le dos rond, les cheveux hérissés sur la nuque, l'air grave de Charles, tout indiquait à son familier la mélancolie la plus profonde — et d'ailleurs, la plus rare. Jérôme attendit néanmoins, sadiquement, que Charles parle le premier. Une vague rancune se mêlait à sa commisération, car enfin si la situation avait été différente, ou plutôt si Alice avait été différente, si Alice n'avait pas été à cent coudées au-dessus de son vieil ami, à cent coudées surtout des aventures amoureuses telles que les concevait Charles, si celui-ci avait eu la moindre chance de séduire Alice, il n'aurait pas hésité : il la lui aurait prise ou tenté de lui prendre. « Tous les droits et tous les devoirs », se souvint Jérôme, brusquement. A vrai dire, cette devise était celle de cet étrange bréviaire écrit par eux deux et eux seuls, bien longtemps auparavant, à l'âge incertain où les devises de boy-scouts vous tiennent encore un peu mais où le cynisme vous a rejoint ; et il fallait bien reconnaître que c'était avec ce cynisme tout à fait ingénu des adolescents qu'ils avaient prévu toutes les circonstances de leur existence : une de ces lois prévoyait, entre autres, que de même que la maison de l'ami, la maison de l'un était celle de l'autre, que nul prétexte n'était nécessaire pour s'y installer, y survenir en pleine nuit — de même était-il prévu que la femme de l'autre était un bien qu'on lui dérobait gaiement, si elle y consentait, sans qu'il y eût de reproches : cela impliquait une indifférence et des mœurs mi-anglaises mi-barbares qui avaient dû séduire leur imagination de puceaux (ou de semi-puceaux, car Jérôme soupçonnait Charles, à l'époque, de s'être déjà fort bien débrouillé avec la fille du boulanger).

A dix-huit ans, ces décrets réglaient encore un peu leur existence et ils n'étaient alors ni l'un ni l'autre tellement pressés de quitter leur adolescence ; pas assez, en tout cas, pour les renier ouvertement ou pour les brûler. Ils les gardèrent donc. Mais jusque-là, ils y avaient tous les deux naturellement désobéi, chacun d'eux trouvant, par exemple, plus agréable d'être attendu au train, par l'autre, lorsqu'ils se rejoignaient. Quant aux femmes, aucun d'eux n'ayant jamais eu la moindre envie de l'élue de l'autre, leurs histoires d'amour n'avaient jamais été que parallèles. Mais aujourd'hui, grâce à la présence d'Alice qu'il désirait aussi, Charles se rappelait opportunément ce code et faisait donc sa cour de manière ostensible. En attendant, le malheureux séducteur n'avait pas l'air au mieux de sa forme, il avait même l'air très bas.

« Arrête de soupirer comme ça, dit Jérôme, je suis complètement décoiffé. »

Charles se retourna vers lui d'un mouvement très vif :

« Tu n'es pas fâché ? Sans blague, tu ne m'en veux pas ? »

Il avait l'air vraiment anxieux, songea Jérôme souriant malgré lui. Enfin, plutôt, il aurait eu l'air anxieux s'il avait eu un autre teint, si le blanc de ses yeux n'avait pas été si blanc, si son visage n'avait pas été si hâlé, et si les muscles tendus sous sa peau n'avaient pas été si durs, si développés, et si son front plissé n'avait pas été caché par des cheveux si brillants et si fournis. L'anxiété ne pouvait absolument que glisser sur ce visage-là. Un visage comme d'ailleurs on n'en voyait plus nulle part.

Car ce teint, cette santé, cette animalité, on ne les trouvait plus que chez les jeunes soldats de Hitler, ces S.S. torse nu en haut de leurs chars. Tous les habitants des pays occupés étaient pâles, songea Jérôme. Il semblait que les jeunes soldats de l'armée allemande avaient, avec la liberté, la paix et la vie, confisqué à l'Europe le soleil, le vent, la mer, voire les champs. Mais derrière ces milliers de jeunes athlètes — il le savait — se levaient de derrière les ruines, se levaient du fond des caves, se levaient de partout leurs contre-types, leurs négatifs blanchâtres et épuisés, voués, eux, à l'obscurité, aux terriers et aux secrets, quand ce n'était pas aux barbelés. Comme si chacun de ces beaux jeunes hommes formés pour la guerre, pour la faire, et pour la faire sans pitié, avait sans le savoir engendré un autre homme, d'un autre sang, d'un autre âge et d'une autre idée et qui était, vif ou mort, le revers sanglant, le revers ravagé de leur médaille aryenne et guerrière. C'était parmi les plus résistants et les plus violents que se trouvaient les hommes qui aidaient Jérôme ; qui, avec lui, en aidaient d'autres à survivre dans des hôtels lugubres, dans des escaliers minables, dans des chambres glacées, dans des trains surbondés, dans des cagibis obscurs, dans des métros terrifiants, partout. Et partout, se réunissait ainsi lentement, une armée misérable. Toute une généra-tion d'hommes et de femmes dont le monde ignorait encore, mais dont Jérôme avait découvert, dès 36, l'existence inimaginable. Toute une nouvelle espèce humaine, dotée déjà d'un nouveau langage, un lan-gage qui n'était qu'à elle et qui n'était pas du tout celui des dictionnaires. C'était un nouveau lexique où le mot « plein jour » équivalait à cachot, où le verbe « courir » voulait dire fuir, où le mot « rencontre » voulait dire catastrophe ; où enfin le terme de « demain » ou d' « après-demain », s'il était suivi, comme en temps de paix d'un point d'interrogation, était suivi aussi de cinq cents points de suspension. C'était là, c'était là, dans ce circuit infernal que vivait

Jérôme depuis bientôt cinq ans, six ans, et c'était là qu'Alice voulait entrer à son tour.

« Si tu n'es pas furieux après moi, on va boire un verre, non ? dit Charles qui avait quand même un peu pâli et qui semblait très attristé. Tu trinques avec moi, Jérôme ?

— Bien sûr », dit Jérôme.

Charles revint aussi vite qu'il était parti. Il brandissait une bouteille d'un vin blanc frais, très sec, qui avait un petit goût de fruit et de caillou, et parut exquis à Jérôme ; et encore plus à Charles qui en avala deux ou trois grands verres sans respirer : il avait noblement attendu d'être pardonné pour recourir à ce reconstituant, il n'était pas allé, en douce, chercher dans la cuisine un facile réconfort et cette timide approbation sur les petites choses, sur les détails qu'il avait toujours sollicitée d'autrui (alors qu'il ne demandait strictement rien sur les choses qui l'intéressaient vraiment) toucha Jérôme. A chaque instant il retrouvait chez Charles quelque chose de cet adolescent dégingandé, gentil et franc, un peu trop cavaleur et un peu trop chevaleresque, à la fois bagarreur et doux, paresseux mais actif, courageux jusqu'à la folie, qui avait été son ami. Il aurait fait un merveilleux élément s'il n'avait pas été si entiché de sa petite usine de cuirs et de ce misérable Pétain. Mais enfin, puisqu'il n'y pensait pas lui-même, on allait y penser pour lui. Jérôme se mit à rire tout seul.

« Pourquoi ris-tu ? dit Charles sévèrement. Comment peux-tu rire, elle pleure encore !

— Qui ? dit Jérôme.

— Alice !

— Mais non, penses-tu, elle ne pleure plus ! Ce n'était rien, c'était nerveux, c'est la fatigue ; tu sais que la vie est fatigante à Paris, elle a une vie fatigante.

— Mais pourquoi ? Mais qu'est-ce que j'ai pu dire précisément qui l'a fait pleurer ? Je veux lui éviter ça, mon vieux, je ne veux pas que cette femme passe ses vacances chez moi à pleurer, ce n'est pas possible ! Quel est le mot qui a déclenché ça ? Tu crois que c'est mon " pom-pom-pom-pom " ? »

Il faisait bien « pom-pom-pom-pom », mais sans l'entrain du quart d'heure précédent ; ce n'était plus le joyeux martèlement d'une troupe en marche, c'était le pom-pom-pom écrasant et triste d'un éléphant sur le point de mourir.

« Mais non, dit Jérôme, ce n'est pas ton " pom-pom-pom ", c'est... enfin, si, d'ailleurs, tu as raison, c'est ce " pom-pom-pom ". Il faut que tu comprennes une chose, Charles, le mari d'Alice, s'appelait Gerhardt Fayatt : c'était un chirurgien autrichien extrêmement connu, le meilleur chirurgien de Vienne...

— Et alors, dit Charles. Il est mort ? Qu'est-ce qui s'est passé ?

— Non, dit Jérôme sèchement, il n'est pas mort. Quoiqu'il devrait l'être, à l'heure actuelle ! Non, il est en Amérique. Mais il était, il est juif.

— Ah oui, dit Charles lentement. Ah oui, en effct, on m'a dit qu'en Autriche, les Allemands s'étaient plutôt conduits comme des salopards.

— Plutôt, oui, dit Jérôme — qui avait de plus en plus de mal à utiliser toutes ces litotes — plutôt.

Enfin, comme, pendant le même moment, Alice n'était pas bien dans sa peau, il y a eu entre eux des... je ne sais pas quoi, il y a eu entre eux une mauvaise passe ; bref ils ont divorcé. Il est parti désespéré et elle est restée désesperée. En plus elle s'en voulait à mort, à elle-même, pas à lui ; car, sincèrement, lui n'y était pour rien.

— Elle est juive aussi ? » demanda Charles.

Jérôme lui jeta un regard scrutateur pour ne découvrir dans les yeux de Charles qu'une totale indifférence.

« Je ne sais pas, dit-il. Je ne crois pas, non. Pourquoi, ça te gênerait ici, ça pourrait te faire des ennuis ?

— Moi ! Mais pourquoi ? dit Charles. Est-ce que tu rêves ?

— Et dans ton usine, dans ton pays, dans ce pays — je ne sais pas, moi, je ne suis pas venu depuis longtemps — les gens ne sont pas antisémites ? Ils ne lisent pas *Gringoire* ? Ils n'écoutent pas les discours du maréchal Pétain, de Laval, ils ne savent pas que la race juive est dangereuse, qu'elle leur a pris leurs sous, leurs pommes de terre et leurs bas de laine, quand ce n'étaient pas les rênes de toute la France ? Ils ne savent pas tout ça ici ?

— Oh, écoute, sincèrement, dit Charles, à Formoy je ne crois pas qu'il y ait l'un d'eux qui s'amuse à lire ces bêtises ni à les croire. Qu'est-ce qu'ils ont fait à Alice par exemple les Allemands à Vienne ? »

Jérôme eut envie de rire : il lui suffirait peut-être de dire qu'Alice avait été giflée trois fois par un S.S. pour faire de Charles le résistant le plus authentiquement et le plus férocement convaincu. Mais ce n'était pas cela qu'il lui fallait. Ce n'était pas un gentleman exaspéré par une chose peu galante dont il avait besoin. Il voulait un homme qui sache pourquoi il se battait, et pourquoi il risquait peut-être de mourir. Il lui fallait un autre Charles, tout bêtement; mais un Charles qui habiterait là, qui serait celui-là, avec ce visage-là, avec cette intelligence-là et cet égoïsme-là. C'était peut-être, après tout, une entreprise sans aucune chance de succès.

« Pourquoi m'as-tu fait ce numéro de pétainiste hier », dit-il d'un air pensif et en bâillant un peu pour bien montrer le peu d'importance qu'il attribuait à cette farce innocente qui au demeurant l'avait fait rugir de colère toute la matinée dans sa chambre : « Pourquoi as-tu fait le zozo et le collaborateur jusqu'à quatre heures du matin ? »

Charles prit son verre de vin blanc et le but lentement, l'autre main levée pour se donner le temps de mentir, comme on lève la main au poker pour se donner le temps de bluffer. En reposant son verre, il avait trouvé et Jérôme le vit à ses yeux.

« Eh bien, c'est simple, dit-il en riant, c'est très simple. Je vais t'avouer une chose bizarre : je deviens vieux, oui, je vieillis. Je vis tout seul dans cette maison depuis tant de jours, j'avais un peu le cafard quand vous êtes arrivés et j'avais envie d'un être humain à qui parler : voilà ! Et j'ai parlé politique parce que je ne voyais pas très bien de quoi nous aurions pu parler d'autre ; car si nous avions été d'accord, nous serions allés nous coucher avec les poules... enfin, avant la nuit.

— Mais il y a peut-être d'autres sujets entre nous que des sujets de dispute, non ? dit Jérôme.

— Tu n'as pas l'air d'en connaître beaucoup en tout cas », dit Charles.

Ils se regardèrent froidement, agressivement, puis se sourirent tout à coup. Il régnait et rôdait malgré tout, de l'un à l'autre une vieille amitié et ils avaient sans cesse envie de se donner des coups de poing dans les côtes, des claques dans le dos, comme de se tenir les épaules. C'était une chose étrange, surtout de la part de Charles avec sa répugnance pour les hommes, leur forme d'esprit et surtout leur apparence physique.

« Alors tu m'as menti d'un bout à l'autre, si je comprends bien, repartit Jérôme prudemment. Si ça se trouve, tu m'as menti à un point extrême ; et tu vas maintenant m'avouer que tu es le chef d'un réseau, d'un maquis dans les belles collines de Valence ? C'est ça ? Est-ce que tu cours dans les champs avec des résistants, Charles ? Ou est-ce que tu t'occupes vraiment, sérieusement, de ton usine de cuirs ?

— Je m'occupe vraiment, sérieusement, de mon usine de cuirs, dit Charles fermement. Et je te prie de croire que ce n'est pas de la blague. Je ne vais pas m'amuser à faire la guéguerre avec qui que ce soit. Il est hors de question que je me mêle à une guerre, tu m'entends, Jérôme, hors de question !...

— Mais pourquoi ? » Jérôme, là, était étonné.

« Mais qu'est-ce qui te déplaît tellement ? Tu adorais les armes, tu aimes le risque, tu aimes la bagarre, tu...

— Je n'ai aucune envie de tuer un homme... et encore moins d'être tué par lui, précisa-t-il avec une belle franchise. Je n'ai aucune envie de revoir ça.

— De revoir quoi ? »

Charles se leva, fit trois pas sur la petite terrasse, en projetant le gravier partout du bout de sa chaussure et Jérôme vit, au coin de la maison, l'œil navré du jardinier qui avait passé une bonne demi-heure à la ratisser. Après avoir lancé quelques gerbes de cailloux dans tous les azimuts et fait ainsi piailler désespérément des poules et des cygnes, Charles revint vers Jérôme, toujours assis sur son perron. Il se mit devant lui, et, planté sur ses jambes écartées, les mains dans les poches de son pantalon, il renversa la tête en arrière et inspecta le ciel minutieusement.

« Tu vois, dit-il à voix basse, regarde ce ciel, tu vois ce ciel ? Tu vois ces peupliers, là, ces prés, ces arbres, tu sens cette odeur, ce parfum, tu te rends compte de ces saisons qui tournent et tu te rends compte, depuis que je suis né, depuis que je reste ici surtout, tous ces paysages que j'ai pu voir, ici, tout roses en automne et là tout bleu clair au printemps, et là toutes ces collines noires l'hiver... Est-ce que tu penses qu'il suffit de rien, d'un petit objet pointu en métal qui me traverse ? Et l'on me jetterait en terre et on mettrait de la terre marron, sale, entre mon œil et ces paysages, on fermerait tout ça et je serais dessous et je ne verrais plus rien ; plus rien du tout, de tout ce que j'ai pu voir, respirer et qui est encore là, qui est encore à moi, que je peux encore voir; tu comprends? C'est criminel, ça, c'est criminel, on n'a pas le droit de me faire ça. »

Il avait l'air si peiné, si indigné, que Jérôme, d'abord surpris de ce vague accès de poésie chez un Charles qui en était si loin, s'étonna pour de bon :

« Mais quand as-tu pensé à ça? Où? Quand? Qu'est-ce qui s'est passé? »

Charles se mit à rire, se rassit et acheva d'un geste délibéré, et après avoir fait semblant d'en proposer à Jérôme, la bouteille de vin blanc. Ses yeux marron brillaient maintenant, ils étaient tout éclairés par l'alcool, par la chaleur, par l'indignation.

« Si je te raconte ce qui m'est arrivé, tu me raconteras tout sur Alice. Enfin, tout ce qu'il faut que je ne fasse pas et qui lui ferait de la peine. Tu me promets?

— Oui, oui, oui, dit Jérôme; bien sûr. Parle, qu'est-ce qui t'est arrivé?

— Eh bien figure-toi que dans ma compagnie, en 40, avec ma chance, j'ai été envoyé dans les Ardennes, enfin, pas les Ardennes, j'ai été envoyé près de Metz; enfin bref, on s'est battus très tard là-bas, jusqu'au bout. J'étais avec ma patrouille et le jour de l'armistice, enfin vingt-quatre heures avant, on a eu le pire accrochage qu'on avait jamais eu. On était douze et on est six à en être revenus. On est tombés sur un char allemand et nous, comme on avait juste nos chasse-pots, on est restés dans une petite ferme, où on s'était abrités tranquillement du soleil, et on lui a tiré dessus. Qu'est-ce qu'on a pris, bon Dieu! Et c'était imbécile, tu comprends, imbécile! Qu'est-ce que tu voulais qu'on fasse sous ce déluge?

— Mais pourquoi ne vous êtes-vous pas rendus ? dit Jérôme. Et votre officier, il n'a pas pensé à se rendre ?

— Mais il était parti ! cria Charles furieux. Il était parti chercher je ne sais pas quoi je ne sais pas où. Il m'avait dit, à moi, de diriger la patrouille (à moi !), il avait demandé de tenir la ferme ; alors j'ai demandé aux copains : que fait-on ? Ils ont dit qu'ils ne savaient pas, alors on est restés là comme des couillons. Et puis au petit matin, ils se sont arrêtés et puis on a su que c'était l'armistice. Voilà. Mais pendant douze heures, j'ai pensé que j'allais claquer, que j'allais claquer bêtement ; moi tiraillant à travers ma porte-fenêtre, là, comme une andouille, contre ce char, je me disais que j'allais mourir, que j'allais mourir à cause de ces vieilles ganaches de généraux, de ces officiers qui ne savaient pas où nous mener ; j'ai pensé que j'allais mourir à cause de cette espèce d'imbécile forcené qui hurle en allemand à la radio, depuis neuf ans, et qui emmerde tout le monde ; j'ai pensé que moi, Charles Sambrat, moi qui aime la vie, les femmes et l'eau et les bateaux et les trains et les brunes et les blondes et les chiens et les chats et les chevaux, moi qui aime tout, j'allais, à trente ans mourir bêtement pour une raison que je n'avais pas comprise, qui ne m'intéressait pas et à quelques heures de l'armistice. Voilà. Ah, j'étais furieux ! »

Jérôme éclata de rire. Il imaginait Charles furieux insultant ses hommes, tirant dans tous les coins, faisant le héros, se mettant à quatre pattes, jetant des grenades, revenant, marmonnant et jurant comme un charretier. Il ne pouvait s'empêcher de rire. A sa

61

grande surprise Charles, lui, ne riait pas. Il avait même les lèvres serrées et ce quelque chose de faux et de fourbe que lui donnait toujours la fureur. Tous les sentiments qu'il n'éprouvait pas habituellement lui donnaient un air déloyal.

« Enfin, dit Jérôme, tu t'en es tiré, quand même...

— Moi, oui, dit Charles, mais pas Lechat.

— Quel chat ?

— Lechat ! dit Charles avec brutalité. Lechat était un pauvre type, un petit jeunot, on s'est connus pendant trois mois. Ce type, il travaillait à Montreuil. Il avait des parents fauchés, quoi, ouvriers. Il avait travaillé toute sa vie, Lechat. Toutes les nuits il boulonnait jusqu'à l'aube pour apprendre le droit. Il voulait être avocat, Lechat, figure-toi. Et Lechat, à force de travailler, il avait réussi. Il avait réussi à être avocat, il avait eu son diplôme, il l'avait eu juste avant de partir à la guerre. Il allait rentrer à Paris et il avait un copain qui allait monter un cabinet et le prendre avec lui. Lechat, il s'était tiré de sa condition, et ses parents étaient contents de lui et Lechat, il était pas mécontent de lui... et même, je peux te le dire, il était heureux, Lechat. Et je peux même te dire une chose extravagante : ces trois derniers mois, il était doublement heureux ; parce que là, à la guerre, il était, enfin, pour la première fois de sa vie, Lechat, il était en vacances ! Alors tu penses ! Il courait avec des copains dans la campagne, on buvait du vin rouge, on s'amusait, on tirait sur les avions fritz en l'air ; et puis à la fin on se rendrait peut-être à quelqu'un, et puis dès que tout sera fait fini, hop, il serait maître Lechat, le grand ténor du barreau de Paris. Parce qu'il aimait son métier en plus, il ne voulait pas faire du fric, Lechat, il voulait défendre des pauvres coupables, quoi.

— Et alors ? dit Jérôme.

— Eh bien alors, il a été l'avant-dernier, je crois, à mourir. Figure-toi que, je ne sais pas ce qui s'est passé, en face, chez eux, il y a eu une confusion à la nuit tombante. Ils ont peut-être dû vouloir prendre la ferme par la ruse, je ne sais pas ; en tout cas, à un moment il y a une porte qui a pété, il y a un type qui s'est précipité et il est tombé sur Lechat qui avait posé son fusil pour dormir un peu. C'était un grand type de la taille de Lechat, de l'âge de Lechat, un Allemand, il n'avait rien, il avait... je ne sais pas ce qui s'est passé... il ne pouvait pas enlever son fusil, il était coincé, il a tiré son poignard, et Lechat est venu vers lui, et nous, on était loin de la porte, paralysés de sommeil, on essayait de se lever, on n'y arrivait pas, il y avait des raclements de crosses et tout le monde braillait. Et moi j'étais le plus près, et j'ai vu, Lechat et lui, se jeter l'un sur l'autre, ils se sont étreints, tu sais, comme les boxeurs qui n'osent plus se taper dessus dans les rings, ils se sont étreints, ils se tenaient par le cou, comme deux gosses du même âge. Ils se tenaient par le cou pour ne pas se faire trop mal ; et en même temps, parce que, ces pauvres couillons, on leur avait appris que c'était ça à faire, en même temps leurs deux mains, à leurs côtés, cherchaient leur couteau, leur poignard, dans sa petite gaine de côté ; et ces deux couillons les tiraient ; et ces deux couillons, je les ai vus, de mes yeux vus, Jérôme, je te dis, ces deux couillons, tout en se tenant par le cou et en s'embrassant, je t'assure, comme des bambins, ces deux couillons ont commencé à se larder les côtes l'un de l'autre en criant " non ", " nein ", " non ", l'un en français, l'autre en allemand. Chaque fois " non " — pas parce qu'ils recevaient un coup, mais parce qu'ils en donnaient un et que ça les horrifiait —. J'ai vu Lechat crier " non, non ", en enfonçant son poignard dans le cœur de l'Allemand, comme l'Allemand gémir, " nein, nein " en enfonçant en tombant, malgré lui, son poignard dans le ventre de Lechat. Bref, ça a duré une minute, ça a duré cent ans. J'ai soigné Lechat toute la nuit. Il avait assez mal en plus, ça fait mal, le ventre. Et à la fin, je m'en foutais moi, à ce moment-là de mourir ou de ne pas mourir. A la fin, bref, à la fin, il m'a dit, il m'a répété la seule chose qu'il m'avait dite pendant toute la nuit, dans l'obscurité tandis qu'il était couché... et ça s'était mis à sentir de plus en plus mauvais et ça... Ah... quelle horreur la guerre...

— Mais qu'est-ce qu'il t'a dit? demanda Jérôme, fasciné.

— Il me disait : " C'est quand même dommage, hein, c'est dommage hein, hein, monsieur Sambrat " — il m'appelait monsieur Sambrat parce que j'avais une usine, je sais pas comment il savait que j'avais une usine — il me disait : " Hein monsieur Sambrat, c'est dommage hein, c'est bien dommage hein, hein. » Et moi j'imaginais ce pauvre garçon, sa vie, cavalant, s'occupant de sa mère, nourrissant les frères, les sœurs, cavalant et passant la nuit avec des gros livres

64

de droit qu'il comprenait mal et courant à la bibliothèque municipale dès qu'il avait une seconde pour lire, pour lire, pour avaler, pour avaler, pour devenir quelqu'un. Mais cette saloperie de guerre qui a duré exactement trois jours et qui n'a servi à rien, cette guerre a tué Lechat, qui a trouvé que c'était dommage. Il disait juste ça : " Je trouve ça dommage, c'est dommage hein, c'est dommage, monsieur Sambrat. " Ah merde! » dit Charles.

Il se détourna brusquement de Jérôme. Il donna un coup de pied, vlan, dans une oie qui passait et qui fit un bond de six mètres en hurlant, spectacle qui eût bien fait rire Jérôme, en général, mais qui le laissa parfaitement froid. Il attendit, immobile, sur le perron. Quand Charles se retourna vers lui il avait un visage parfaitement calme et parfaitement sérieux, comme Jérôme lui en avait rarement vu.

« C'est pour ça, dit-il, mon pauvre Jérôme, tu vois, c'est pour ça que je ne veux pas entrer dans ta guéguerre. Ne me prends pas pour un couillon, je sais bien que tu es là-dedans, tu as toujours été idéaliste. Tu te souviens : tu as bien failli m'embarquer dans la guerre d'Espagne, et si tu n'avais pas attrapé la scarlatine, on y serait allés, d'ailleurs. Mais ne compte pas m'embarquer dans un de ces coups-là. Les Allemands auront fichu le camp un jour ou l'autre. Les Américains viendront les pousser dehors, ou les Russes, ou les Anglais, ne t'inquiète pas, on attendra. On attendra qu'ils partent. *Moi*, j'attendrai qu'ils partent, en tout cas. Je vais pas me colleter avec un jeune type qui sera de Munich ou d'ailleurs, qui aura été envoyé là Dieu sait pourquoi, sans qu'il sache pourquoi, et à qui je plongerai mon couteau dans le ventre, en criant " non, non ", tandis que lui-même criera " nein, nein ". C'est fini pour moi, tout ça. Je ne suis plus un enfant, je suis un homme. Les hommes n'aiment pas ces saloperies-là, enfin les hommes comme moi. Pour ces conneries-là, pour jouer à ces conneries-là, mon vieux, il faut un type plus intelligent que moi; ou un type plus bête, je ne sais pas, choisis. Mais pas un type comme moi, non, pas un type comme moi. »

Et il s'assit à côté de Jérôme, comme épuisé par son long discours. Effectivement, depuis que Jérôme le connaissait, c'était le plus long monologue qu'il eût jamais entendu de sa part. Et il devait bien admettre aussi que, même si ça ne l'arrangeait pas, c'était aussi le plus intéressant.

CHAPITRE IV

La seule auberge de Formoy était l'auberge du *Lapin Moderne*, sur la place de l'église. Charles y déjeunait tous les jours avec Conte, le gros docteur du village, et Flavier, l'aubergiste lui-même. Honoré Flavier aurait voulu garder à son hôtel quand il l'avait acheté sa dénomination première : *Hôtel Moderne*, mais sa femme voulant absolument lui donner le nom du *Lapin Agile*, il avait cédé et commencé à peindre l'écriteau. C'était alors que sa femme s'était fait écraser stupidement sur la route et, d'abord par chagrin, ensuite par habitude, il avait oublié son panneau. Ce *Lapin Moderne*, donc, présentait à ses hôtes une table honnête, sans plus, mais en fait de modernité, strictement rien. Les murs s'écroulaient et seuls quelques touristes égarés venaient y loger.

Ce jour-là, c'était le jour des truites, un des plats préférés de Charles, mais le docteur et l'aubergiste parurent néanmoins, stupéfaits, de le voir arriver à l'heure exacte.

« Que fais-tu là ? » demanda le docteur qui avait soixante-dix ans et plus de souvenirs que Charles lui-même sur ses fredaines passées. Il avait suivi Charles et Jérôme depuis qu'ils étaient petits et prenait volontiers avec eux un ton paternel qu'appréciait beaucoup Charles. « Tu viens déjeuner ? dit-il.

— Je viens déjeuner ici, dit Charles brièvement comme d'habitude. Je prendrais bien un pastis, Flavier, s'il te plaît.

— Ça ne te réussit pas, le pastis », dit Conte avec reproche, mais l'air déterminé de Charles l'arrêta : il était visiblement de mauvaise humeur.

« Et tes invités, alors ? reprit Conte. Oui, Jérôme et cette femme ! Le vieux Louis en a parlé à Mme Clayet, qui en a parlé à Jules, qui en a parlé à sa femme, laquelle femme en a parlé à la mienne, etc. Comment va Jérôme ?

— Il va bien, dit Charles avec sobriété. Venez donc prendre un verre un soir, demain ou après-demain.

— Alors pourquoi déjeunes-tu là ?

— Pour les laisser tranquilles, braila Charles excédé. Il y a des gens qui aiment être tranquilles, vois-tu ? »

Flavier, qui ramenait leurs verres, les posa en riant de son gros rire d'ivrogne, leur donna a chacun une petite tape dans le dos qui les projeta sur la table, le menton en avant.

« Alors, les gamins ? dit Flavier en riant, on se dispute ? C'est vrai, ça, Charles, que tu as une vamp chez toi ?

— C'est Jérôme qui l'a, dit Charles en aboyant.

— Eh bien, le pauvre Jérôme ! dit Conte. Et elle te plaît ? Elle est jolie ?

— Pas mal, pas mal », admit Charles qui, ayant avalé d'un trait son pastis, faisait un signe dans le dos du médecin à Flavier qui alla lui en quérir un autre.

« Eh bien, pauvre Jérôme, continuait Conte, il va se retrouver sans femme rapidement, tu ne crois pas ? Vous avez toujours vos accords, tous les deux ?

— Eh bien, tu sais, dit Charles qui se détendait un petit peu, tu sais, c'est peut-être elle qui me refusera, j'en ai peur. »

L'effet du pastis sur lui avait toujours été foudroyant et le deuxième avalé avec la même célérité, il se sentit tout à coup tout mou, tout doux, tout saoul. Sa matinée avait été affreuse ; après les larmes d'Alice, il avait provoqué celles de sa secrétaire à force de grognements et sûrement provoqué celles de Brigitte, sa compagne du moment, à qui il avait refusé de parler au téléphone. Il s'était même réattaqué à des vieux comptes assommants, au grand étonnement de tout son bureau et, dans un élan de masochisme, avait même téléphoné chez lui qu'il avait trop de travail pour rentrer déjeuner. Ce qu'il avait d'ailleurs regretté immédiatement. C'est ainsi qu'il se retrouvait sur cette vieille terrasse, avec ses vieux meubles en bois vert et écaillé, et avec ses comparses habituels. Jérôme avait raison : il n'était pas un intellectuel, il était un goujat et un petit-bourgeois. Son métier était sans intérêt, comme ses maîtresses et comme ses distractions ; le grand jeu, pour lui, était d'aller à Paris et de faire le malin dans des boîtes de nuit, d'y exposer et d'y dilapider l'argent de ses chaussures. Vraiment, oui, vraiment, Jérôme avait raison. Tout

69

cela manquait de grandeur, tout cela manquait de ce que, lycéens ou étudiants, ils avaient toujours recherché. Un bon vivant à moitié mort : voilà ce qu'il était ! En fait, la seule chose un petit peu valable de son existence, la seule « supérieure » et pour laquelle il était capable de faire des choses « supérieures », c'était, depuis la veille, ce visage de femme. Ce visage droit, absolu dans sa beauté et sa grâce. Il se leva d'un bond et regarda Conte et Flavier abasourdis, qui avaient déjà la fourchette en l'air et, jusque-là, les yeux posés sur les plats de truites dorées devant eux.

« Qu'est-ce qui te prend ? dit Conte, elle ne te plaît pas cette truite ?

— Et si elle part ? dit Charles rêveusement.

— Ça m'épaterait, dit Conte.

— Je suis un idiot ! Peut-être va-t-elle partir demain, continuait Charles. Peut-être est-elle même déjà partie, peut-être... ? je n'en sais rien, après tout. Je suis un idiot, pardon, excusez-moi », dit-il en se précipitant vers la porte et en laissant ses deux amis, la fourchette toujours dressée devant eux, au bout de leur main, comme un symbole de leur incompréhensive stupéfaction, mais les yeux, eux, aussi, écarquillés.

Il fit une arrivée inquiétante quoique spectaculaire sur sa pauvre terrasse tout juste ratissée, et freinant tardivement, manqua écraser un paon distrait qui en perdit sa morgue et quelques plumes. Louise sortit de la cuisine en se tordant les mains, ramassa son volatile tandis que Jérôme et Alice, effarés, se montraient à la porte-fenêtre. Ces trois visages ahuris et consternés parurent le comble du comique à Charles, Alice y échappant un petit peu, bien sûr, mais à peine. Il riait déjà malgré lui en arrivant au salon.

« Eh bien, dites donc, dit-il, si vous êtes aussi rapides à l'arrivée des S.S.!... »

Il essayait de retenir un fou rire imbécile et de ne pas les regarder, mais Jérôme le retint au passage, inclina son visage sur le sien. Et c'est alors que la pensée « ce crétin ne va tout de même pas m'embrasser »! jaillit de l'imagination en folie de Charles tandis que Jérôme se redressait lentement, très très lentement, lui semblait-il.

« Mais... tu as bu », dit-il à Charles d'une voix froide. Et le côté clinicien, sévère et juste, de son intonation acheva Charles.

« Eh oui, dit-il, eh oui, j'ai bu... »

Et il se laissa tomber sur un divan, en proie à une véritable crise de fou rire, au bord de la syncope, lui semblait-il, à l'extrême bord. Il n'avait jamais ri comme ça, ou alors pas depuis très longtemps. Cette voix, mon Dieu, cette voix, ce geste aussi, ce visage penché, soucieux, et ce verdict de Jérôme à peine dégoûté, étranger à tout ça, loin, lointain... Holà! Il fallait qu'il se calme, il n'en pouvait plus, il allait s'étouffer, son cœur allait sûrement craquer, ses côtes se resserraient et lui faisaient mal, il fallait qu'il s'arrête de rire! Et Alice, que devait penser Alice? Ah! tant pis pour Alice, tant pis pour Jérôme, tant pis pour lui-même, tant pis pour les S.S., pour le maréchal Pétain et pour Du Guesclin, tant pis pour tout! Un moment pareil valait tout, justifiait toute une vie,

71

toute la vie ; toutes les catastrophes de la terre étaient justifiées, bénies, toutes les angoisses, les drames, la mort, étaient insignifiants, tout cela n'avait plus d'importance. Tout allait très bien, tout était parfait, sans aucune réalité si on y pensait un peu, rien en tout cas ne tenait devant la petite phrase de Jérôme : « Mais... tu as bu. » Surtout qu'après ces mots-là, il n'avait mis dans son intonation aucune nuance d'interrogation ni d'exclamation ni même de sévérité, ç'avait été un point final, enfin un point point. Un point froid, et qui aurait dû être définitif dans sa froideur. Seulement, seulement — ah mon Dieu, ça le reprenait, quelle idiotie, mais quel idiot il faisait ! — Comment avait-il pu croire Jérôme décidé à l'embrasser ! Quelle folie ! Mais quelle idée folle ! Jérôme se jetant à son cou, avec sa chemise-polo, ses joues bien rasées, devant Alice ! Jérôme, ce bon Jérôme, ce cher Jérôme, comment l'aurait-il embrassé ? Lui qui l'avait reniflé, qui l'avait même « humé », subtilement, avant de découvrir l'horrible vérité, « mais... tu as bu ». Oh mon Dieu, il fallait qu'il pense à autre chose mais il s'amusait trop.

« Redis-le-moi, Jérôme », gémit-il faiblement, se rasseyant et entrouvrant ses yeux pleins de larmes — il les sentait couler sur ses joues, il devait être grotesque — mais cela lui était complètement égal.

Il s'essuya sur sa manche « au coude, comme les enfants », remarqua Alice qui, entraînée par la violence de ce fou rire, n'avait pu y résister longtemps. Tandis que Jérôme, d'ailleurs, sans entrain mais sans

72

réticence, leur souriait gentiment, comme à deux malades.

Le déjeuner finissait, ils s'étaient bien amusés. Alice pelait une pomme et Charles regardant son long cou, ses poignets étroits, ses doigts allongés, enviait et l'acier du couteau et la peau de la pomme. Il était encore un petit peu ivre mais très heureux et il échappait difficilement à l'envie de tendre la main, d'attraper ces longs doigts agiles, ces ongles peints et de les garder entre les siens.

Jérôme racontait une de leurs escapades passées, avec son humour froid, et Charles riait. Et il était vrai que — lorsqu'en riant, Charles Sambrat renversait la tête en arrière, ses cheveux de jais à la hauteur de son oreille semblaient si drus et si soyeux, ses dents, dans sa bouche entrouverte, étaient si blanches, y compris celle un peu cassée sur le côté — lorsque Charles, donc renversait la tête en arrière et montrait les veines gonflées de son cou, il était vrai que la virilité, la santé si évidente de cet homme portaient une sorte de coup au cœur, à n'importe qui un peu sensible au bonheur de vivre. Charles Sambrat faisait sûrement envie ; il devait donner des envies précises et des envies impré-cises ; il devait donner, pour y penser grossièrement, envie aux femmes de s'allonger et aux hommes de se lever, mais en tout cas donner à chacun envie de bouger — et aussi et surtout — envie de bouger vers quelqu'un d'autre. Alice se disait tout cela, distraitement, en croquant sa pomme délicatement, du bout des dents, comme un écureuil. Dans ce soleil, tout à coup, ses cheveux noirs semblaient encore plus noirs, et ses yeux gris encore plus gris. Elle avait l'air enfantine, fragile et gaie. Les deux hommes, par instants, la balayaient d'un regard également protecteur, lascif chez Charles, et chez Jérôme, nostalgique.

Jérôme revivait sa première rencontre avec Alice, il revoyait ce si beau visage si effrayé, si désespéré, si fin, qui l'avait aussitôt tellement séduit. Alice, alors, quand il l'avait rencontrée, se débattait dans une dépression profonde et cruelle, incompréhensible pour n'importe qui d'autre que lui, Jérôme, qui avait trop souvent suffoqué de désespoir, de découragement et de solitude dans sa jeunesse pour s'en étonner ; pour dénier que la beauté et l'argent et l'amour et la santé puissent parfois être lettre morte dans une vie, puissent même y redoubler le sentiment de honte, de dérision et de ridicule qui escorte ces désespoirs sans cause. Dès ce soir-là, il avait décidé d'aider Alice, de l'aider à vivre ou à revivre, il avait partagé sa vie entre elle, elle et d'autres terribles victimes qu'il découvrait peu à peu. Maintenant Alice voulait combattre à son tour les démons lancés par Hitler. Seulement, même si elle était guérie, Alice était passée par l'insatiable, l'insurpassable horreur de se haïr soi-même et elle ne se croyait plus vulnérable à d'autres coups que les siens, elle ne s'imaginait pas d'autre tortionnaire qu'elle-même ; et, en ce sens-là, elle se trompait : Gerhardt, son ex-mari, et quelques-uns de leurs amis parmi les premières victimes du nazisme avaient trop amplement convaincu Jérôme du contraire. Déjà, dès 33, dans toute l'Europe, d'efficaces bourreaux surgissaient sans cesse et partout ; cela, Gerhardt le savait mais Jérôme avait néanmoins eu du mal à le persuader de partir pour New York : il ne voulait pas, malgré leur récent divorce, se séparer d'Alice. Enfin, Jérôme l'ayant persuadé, il était parti avant que quelque « aryen botté » ne lui fasse payer cher de n'être ni l'un ni l'autre ; seulement, il avait fait promettre à Jérôme de veiller sur sa femme, sur son ex-femme et Jérôme ne se sentait pas le droit, il ne pouvait pas après ce qu'elle avait déjà subi jeter Alice dans ce circuit infernal.

« Charles, dit Jérôme tout à coup d'une voix neutre, si je te dépose à l'usine au passage, tu me prêtes ta voiture cet après-midi ?

— Oui, dit Charles tout aussi vite, oui, si tu me prêtes Alice. » Et comme les deux le regardaient, il ajouta : « J'ai tout réglé en une heure, à l'usine ; je suis assez content de moi, je dois le dire. Aussi cet après-midi, si Alice est d'accord, je peux l'emmener où elle veut, à vélo. On pourrait aller se baigner dans le Laurens. Vous aimez nager, Alice ? Il fait très chaud, non, vous n'aimeriez pas vous baigner ?

— C'est un torrent, dit Jérôme d'une voix touristique à l'intention d'Alice qui le regardait. C'est un torrent glacé mais l'eau est claire à un point incroyable. Il faut se jeter dedans et ressortir tout de suite, mais vous adorerez l'endroit.

— Eh bien, dit Alice, puisque je dois adorer ça...

— Alors, c'est vrai, vous viendriez ? » Charles, l'air ébahi, regardait Alice en souriant faiblement comme incapable de croire à sa chance. Et Alice ne se rappelait pas qu'aucun homme au-dessus de dix-sept ans l'ait jamais regardée de cette manière (peut-être même au-dessus de douze).

« Mais oui, dit-elle. Je sais nager, en plus, vous n'aurez même pas à me sauver !

— Je te promets de te la ramener intacte », promit Charles à Jérôme, dans un élan qui n'eût troublé personne s'il ne s'était arrêté net sur ce mot « intacte », et s'il n'avait balbutié d'une voix angoissée : « Enfin, je veux dire : " en bonne santé " », rectification qui cette fois provoqua le fou rire d'Alice elle-même et la fit se précipiter sous la table à la recherche de sa serviette, pourtant bien en place sur ses genoux.

Mais Jérôme ne bougea pas d'un cil et Charles alluma une cigarette avec mille lenteurs jusqu'à ce que Alice resurgisse, légèrement décoiffée, rouge d'avoir ri et se tapotant ostensiblement la bouche de cette serviette infidèle. Charles se levait déjà, égaré, lorsque :

« Mais vous prendrez quand même bien un café ? » s'enquérait Jérôme du ton aimable du maître de maison et Charles, penaud, acquiesça avec reconnaissance comme s'il eût été lui l'invité et Jérôme, effectivement, le propriétaire de cette table et de ce café. Et d'ailleurs, ce n'était pas faux puisque pour Charles, il n'y avait plus qu'une seule possession intéressante sur cette terre, celle d'Alice. Alice, propriété de Jérôme,

76

vis-à-vis duquel il espérait être le plus traître des hôtes.

Louise ayant prêté son vélo sans cadre à la « jeune dame » et celle-ci ayant réussi, après quelques zig-zags, à maîtriser sa monture, Charles n'eut plus qu'à s'élancer avec elle pendant cinq kilomètres, jusqu'au Laurens. C'était un torrent furieux, si clair, si blanc qu'on était soulagé d'y voir des reflets, bleus ou jaunes, selon la lumière ; un torrent en chute libre qui dégringolait tout droit du Vercors, mais qui se reposait ou plutôt se ramassait une minute çà et là dans quelques bassins naturels cernés de rochers, d'où il rejaillissait encore plus dru. C'est à une de ces demi-piscines — où Jérôme et Charles avaient dans leur jeunesse entraîné les mêmes tendrons — que Charles emmena Alice. Mais cet après-midi-là pour une fois, il n'avait plus à oublier le moindre souvenir, le moindre visage, le moindre cri de jeune fille chatouillée. Il ne voyait, il n'entendait qu'Alice ; et il scrutait cet endroit, pourtant si familier, avec un sens critique des plus nouveaux, il en détaillait les inconvénients d'un œil presque malveillant ; mais s'il y avait de plus en plus d'arbustes, d'herbes, de mousses, de branchages des deux côtés, c'était la même petite pente qui vous descendait jusqu'à l'eau, là où il y avait du fond tout de suite ; et surtout, surtout, il y avait toujours, pour se réchauffer en sortant du bain, ces longues pierres plates que le soleil frappait du début à la fin de l'après-midi.

Ils se déshabillèrent chacun de son côté derrière un

arbre ; et bien que Charles fût tout de suite en maillot, il attendit patiemment ; tournant le dos à l'arbre d'Alice, les yeux fixés sur l'eau, cette eau si claire au bord, si sombre au fond, et donc si symbolique de sa noble âme et de ses bas instincts.

Il attendit un long moment, avant qu'Alice n'arrive derrière lui sans aucun bruit mais il sentit sa présence et lui jeta un bref regard par-dessus son épaule, un rapide coup d'œil aussi rassurant qu'indifférent, voulait-il : Alice était entortillée dans l'immense serviette de bain qu'elle avait transportée dans sa sacoche et qui lui couvrait les épaules, le haut du corps aussi bien que les jambes.

« Que pensez-vous de mon torrent, c'est beau, cet endroit, non ?

— Ravissant, dit la voix d'Alice dans son dos ; ne vous retournez surtout pas, Charles, je suis affreuse ; je suis maigre et blanchâtre. C'est affreux de se voir de pied en cap au soleil, comme ça, c'est abominable.

— Mais non ! dit Charles en pivotant carrément vers elle. Je vous assure que non...

— S'il vous plaît, retournez-vous ! implora-t-elle. Vous êtes bronzé, vous, c'est-à-dire habillé ; moi, je me sens nue et vilaine, ne me regardez surtout pas : j'ai honte.

— Mais ça va passer, dit Charles en se replongeant dans la considération de sa vasque. Ça va passer ! jura-t-il avec ferveur. Si vous voulez, je peux aller m'allonger de l'autre côté des buissons là-bas, vous serez complètement cachée, invisible.

— Ah, vous seriez si gentil », dit-elle d'une voix éplorée.

Et Charles traversa le fourré en s'écorchant aux ronces et en jurant à mi-voix.

« J'y suis, cria-t-il. Je ne vous vois pas du tout. Ah, c'est amusant, les baignades avec vous...

— Je suis désolée, cria Alice. Je ne pouvais pas savoir, enfin, je ne me rendais pas compte : " blafarde ", je suis blafarde ; et osseuse ; voilà. »

Tiens, elle ne se rendait pas compte de la forme et de la couleur de son corps, songeait Charles enchanté. Quel misérable amant devait être ce pauvre Jérôme, décidément...! Les femmes qu'il tenait dans ses bras, lui, Charles, en sortaient sûres d'elles-mêmes, sûres d'être désirables et expertes en amour — même si elles n'étaient ni l'un ni l'autre, ou ne l'étaient plus. Charles, en dehors du désir physique, avait toujours eu beaucoup d'affection pour les femmes ; et nombre de ses aventures, que Jérôme attribuait à son manque de goût, relevaient plutôt d'un excès de sa bonté ; car — et c'était là une des raisons de sa popularité — il aimait à éprouver et, d'ailleurs, éprouvait toujours « après » une vraie gratitude qui, parfois, avait même ramené dans le lit de ses maîtresses leurs maris étonnés, perplexes et finalement plus flattés que furieux d'avoir été trompés par le beau Sambrat. En tout cas, et à présent il en était sûr, ce pauvre Jérôme méritait, mériterait ou aurait peut-être mérité un jour, son malheur. Il enfouit sa tête dans ses bras et essaya de penser à autre chose.

Cet homme est vraiment charmant, songeait Alice derrière son buisson d'acacia, en retirant millimètre par millimètre sa serviette de bain. Elle se trouvait un peu moins affreuse allongée, que tout à l'heure debout et tremblante à l'ombre de son arbre. Elle savait qu'elle avait été belle, qu'elle l'était sans doute encore, mais cette beauté était devenue pour elle une idée abstraite. A force de détester ou de mépriser son propre visage dans la glace, elle avait pris à présent en horreur son corps tout entier, et ce n'était que depuis trois mois qu'elle se glissait sans répugnance dans sa baignoire. Bien sûr, Jérôme la trouvait belle; mais Jérôme l'aimait; et d'un amour si éperdu, si long-temps par elle maintenu platonique. qu'elle n'arrivait pas, malgré la passion de son amant, à voir dans ses étreintes autre chose que la concrétisation de son sentiment — de leur sentiment plutôt : car enfin elle n'aimait personne au monde sinon Jérôme, il n'y avait que lui qui la rassurât, il n'y avait que lui dont l'absence l'attristât. Et Alice n'imaginait pas — per-sonne d'ailleurs parmi ses connaissances n'imaginait — qu'une femme sensible puisse vivre, et faire l'amour de son plein gré avec un homme sans l'aimer d'amour; à moins que ce fût une de ces passions mélodramatiquement physiques que l'on décrivait dans les romans, mais qu'Alice savait, dans son cas, être hors de cause. Jérôme, étrangement, était trop attentif à son plaisir à elle, trop soucieux de ses réactions — trop sensible encore à l'esprit et au cœur tourmentés qu'il avait soignés si longtemps — pour que son corps (le corps sauvage, le corps animal qu'elle savait avoir eu et qui se taisait depuis si longtemps) pût s'intéresser le moins du monde à leurs ébats. Et si ce n'était pas la passion, si ce n'était pas la nécessité, qui, quoi, d'autre que l'amour, pouvait lui faire partager la vie, le lit de cet homme que de plus elle estimait ? Elle ne trouvait pas de réponse, car il n'y en avait pas. Car il était inconcevable qu'une femme, par simple horreur d'elle-même, se laissât adorer par un autre homme que son mari, et que ce fût une angoisse maladive qui la jetât, dans ce que le premier bourgeois venu appelait une vie de débauche. Et il était inconcevable aussi qu'Alice ne se sentît pas coupable de l'apathie et du mutisme de son corps, lorsque cet homme pourtant viril, ardent, et si soucieux de lui faire partager son plaisir, la prenait dans ses bras. Hélas ! songeait Alice, elle n'aimait plus, elle ne pouvait plus aimer personne peut-être, de cette façon-là.

Parfois, oui, elle se l'avouait, parfois elle eût tout donné pour que Jérôme ne fût pas la nuit celui dont elle avait eu tellement besoin le jour, pendant des mois et des mois, pour qu'il cessât, enfin, d'être envers elle si dévoué. Une femelle vulgaire et obscène se levait en elle, quand il lui posait certaines questions sur le mode de la supplication, une femelle dont elle ne se rappelait pas avoir supporté les exigences ni les désirs et que, dans sa fureur et dans sa honte, elle mordait au bras, au poignet, comme si ce bras et ce poignet eussent appartenu à une autre qu'elle-même. Elle ignorait que, seules, ses meurtrissures bleues, le lendemain, redonnaient espoir à Jérôme. Elles étaient

— croyait-il — les seules traces, les seules preuves chez elle d'un plaisir obscur et confus, mais assez violent pour la forcer à se mordre, c'est-à-dire à étouffer de sa main ou de son bras le cri que lui n'avait peut-être pas entendu.

En revanche, Alice aimait dormir contre ce long corps à la peau un peu trop douce pour un homme, si peu velue; elle aimait le contact, la chaleur, les cheveux, la voix de Jérôme, elle aimait ses yeux clairs, son air parfois enfantin et parfois vieillot, elle aimait cette bonté absolue qu'elle lisait dans ses yeux et cette résignation aussi, à l'amour qu'il éprouvait pour elle. Alice se sentait bien avec Jérôme; il ne lui faisait jamais honte, jamais peur, jamais mal, il ne lui faisait jamais défaut. Et, se disait-elle, en vieillissant c'était bien là tout ce que l'on pouvait attendre d'autrui; et c'était même, à y penser, d'une incroyable exigence.

Il faisait étonnamment chaud, le soleil était brûlant, menaçant, à tel point qu'on n'osait pas lui tourner le dos. Tous deux s'étaient donc retournés et lui offraient leur visage, crucifiés dans la même attitude, les bras et les jambes séparés du corps et comme attachés par des menottes invisibles à ce sol qui sentait la poussière et l'herbe et la terre chaude. Ils étaient tête à tête, sans le savoir, séparés uniquement par ce buisson vert et odorant d'acacias. Mais Charles qui, en temps ordinaire, aurait fait en rampant le tour du champ afin de détailler soigneusement sa conquête, n'y pensait même pas. En fait, il se sentait épuisé finalement par ces Ricard, ces émotions, ce vélo et cette situation ridicule. Son cœur battait, une ligne de sueur coulait derrière sa nuque, descendait le long de son cou puis de son épaule, suivie aussitôt par une autre. Sous ses paupières passaient et repassaient des taches jaunes et rouges, rouges et jaunes, et puis rouges, et puis jaunes selon qu'il pressait ou relevait le poids de ses paupières. Les cheveux plaqués au front par la transpiration, les yeux clos, il se sentait dériver, inerte mais attentif, attentif à la surface de la terre, à la surface de sa peau, à la surface de sa conscience, animal aveugle, calciné, comblé, car il se sentait, curieusement, comblé. Du silence d'Alice et du sien, émergeait la certitude, l'intuition définitive de leur accord. Ce n'était pas la certitude fausse, aveugle — parce que vitale, d'un amant désespéré; c'était la certitude froide, quasi mathématique, abstraite, du parieur inspiré.

Bien sûr, ce n'était pas la première fois que Charles Sambrat avait un pressentiment, mais c'était bien la première qu'il lui portait tant d'attention et tant de crédit. Cette idée le troubla et il voulut se secouer, moralement et physiquement, sauta sur ses pieds, se précipita vers l'eau glacée et s'y jeta. Il eut successivement l'impression qu'un poing le frappait au plexus, que mille piranhas se jetaient sur lui pour le grignoter et qu'on le jetait, ligoté, dans un four brûlant. Aussi, avec un sourd gémissement, après deux brasses vigoureuses, sortit-il de l'eau d'un bond, presque aussi vite qu'il y était entré, frémissant d'une terreur tardive. « Jérôme avait décidément raison, l'eau était bien trop froide. On pouvait en périr. »

83

Quoiqu'a l'aveuglette, il avait débarqué aux pieds d'Alice ; mais il ne la voyait même pas, il claquait des dents, il avait l'impression que son sang parcourait son corps à une vitesse extrême, tantôt brûlant, tantôt glacé, et il restait plié en deux, grelottant, se sentant devenir bleu, littéralement bleu, sans néanmoins pouvoir vraiment apprécier sa couleur.

« Mon Dieu ! disait Alice. Mon Dieu, mais vous êtes fou, Charles. Cette eau est glacée, vous tremblez, asseyez-vous ! »

Il se laissa faire et eut un mouvement de soulagement en s'asseyant dans l'herbe chaude, tandis qu'Alice, serviette en main, frottait énergiquement ses épaules, sa tête, son torse, ses jambes. Son corps entier fut diligemment étrillé, pansé par ces mains si longues, si douces dont il avait tant rêvé, et dont, à présent, il n'appréciait même pas le contact, tout entier abandonné à ce tremblement intérieur, cette demi-syncope brutale dont il ignorait la cause. Etait-ce les Ricard, était-ce l'eau, était-ce la chaleur ou était-ce la vieillesse ? A cette idée, il avait envie de pleurnicher tout à coup, d'appuyer sa tête mouillée sur l'épaule d'Alice qui avait l'air si chaude, si douce, et de lui expliquer, toujours en geignant, que ce torrent était vraiment trop froid au printemps, impossible pour un être humain...

« Mon Dieu, disait Alice, mais vous m'avez fait une peur ! Quelle idée aussi, ce plongeon dans l'eau, vous auriez dû d'abord y mettre le pied !

— Si j'y avais mis le pied, dit Charles, je n'y serais jamais allé.

84

— C'est exactement ce que je vous dis, répondit Alice avec bon sens. Exactement! Vous êtes fou, Charles, restez un peu au soleil maintenant, détendez-vous. »

Elle avait apparemment oublié ses os pointus et sa peau livide. Le fait de l'avoir soigné, cajolé, l'avait complètement rassurée ou plutôt lui avait donné un autre rôle, ce rôle maternel qui lui permettait d'oublier son rôle de naïade, songea Charles. Et, enchanté, précipitamment, avant qu'elle ne se ravisât, il s'allongea à côté de sa serviette, mit les mains derrière sa nuque et ferma les yeux.

Il la regardait entre ses cils, de son vieux regard de chasseur, mais sans conviction, car le chasseur n'était pas là, et si le gibier était tout cuit, pour une fois c'était lui, le gibier. Il s'en rendait bien compte, il s'en était douté; il aimait déjà à la folie les épaules larges, finalement, mais minces d'Alice, et ses seins, la longue ligne de son torse et puis cette taille si fine et puis ces hanches étroites et ces longues jambes et ce long cou. Tout en elle était si allongé... tout en elle rappelait à Charles ces animaux bizarres, les girafes dont il avait appris l'existence à l'école et dont la formation l'avait toujours charmé. Etait-ce Lamarck ou Darwin? il ne savait plus mais l'un d'eux prétendait que la dégaine de ces girafes, leur long cou, étaient dus à leur gourmandise, à leur envie de certaines feuilles délicieuses mais trop haut perchées dans les arbres qui les avaient obligées à étirer désespérément vers elles leur cou au départ rabougri. Alice, elle, en plus, avait de naissance les pieds et les mains, les coudes, les genoux les plus délicats et les plus ravissants qui soient; et il voyait aussi, même à travers ce prude maillot de bain de jersey, la ligne droite de l'os iliaque, son os préféré chez les femmes : cet os qui bordait la hanche de chaque côté et contre laquelle il venait après l'amour caler sa tête; immobile et rêveur sur cette plage où la main de la femme, sans qu'elle eût à bouger, pouvait errer dans ses cheveux et où lui-même, à mi-chemin entre les deux pôles, les deux points les plus brûlants de ce corps, s'en sentait le plus provisoirement mais le plus profondément le propriétaire et l'esclave.

Ils restèrent silencieux un moment; mais le buisson d'acacia ne les cachait plus et leur manquait, curieusement, autant à l'un qu'à l'autre, comme un de ces tiers encombrants mais précieux, devant lesquels on peut laisser entendre à mots couverts tellement plus qu'on oserait le faire ouvertement et seul à seule.

« Voulez-vous une cigarette? demanda Charles. Je vais les chercher, mais ce sont des brunes, un peu fortes, je vous préviens.

— J'aimerais bien, oui », dit Alice les yeux fermés.

Elle suivait du regard la silhouette de Charles qui marchait tranquillement comme s'il eût été tout habillé. Cette aisance physique, cette assurance, si contraire à l'ignorance qu'il avait de sa beauté, provoquait un peu l'envie d'Alice. La moindre suffisance chez Charles lui eût paru le comble du grotesque, comme d'ailleurs le moindre complexe le comble du ridicule. Il marchait comme un de ces très jeunes et très beaux adolescents qu'elle avait vus sur des plages

italiennes, détachés, aussi peu concernés que possible
par leur beauté mais dont on devinait, à l'agilité ou à
la nonchalance, qu'ils jouissaient intensément, égoïs-
tement, de leurs muscles, de leurs réflexes, de la
souple et rapide mécanique de leurs corps — corps,
jusque-là solitaire, heureux de l'être et dont ils igno-
raient encore le pouvoir à venir. Il y avait chez ce
curieux Charles, pourtant fort éloigné de la chasteté,
une sorte d'innocence. Il revenait déjà, souriant,
s'asseyait à côté d'Alice, allumait leurs deux cigarettes, il lui en tendait une en la dévisageant pour la
première fois depuis leur arrivée en ce lieu champêtre.
Et ce regard était si approbateur, si satisfait de ce
qu'il voyait, qu'elle se sentit plus rassérénée qu'inquiète ou gênée. Elle aspira une bouffée de sa cigarette, s'emplit le palais et la gorge d'une fumée âcre et
forte, pas déplaisante, qui la surprit, et qu'elle rejeta
aussitôt par la bouche.

« Je n'avais pas fumé depuis deux ans, dit-elle. On
réapprend vite.

— C'est comme le vélo », dit Charles. Et lui-même
prit une longue bouffée qu'il avala avec délice.

Finalement ce Charles était une sorte de plaque
sensible, un caméléon, un baromètre des sensations et
des plaisirs. Quelque chose en lui signalait qu'il faisait
chaud ou froid, ou que l'air embaumait ou que le vin
était bon, et cela était finalement attirant. Alice
secoua la tête, elle n'était là que pour convaincre
Charles de transformer sa paisible demeure en un
relais interdit, son usine en une cachette et ses loisirs
en missions. Eh bien cela allait être difficile, surtout

dans cette atmosphère de campagne, de vacances, qui oscillait sans cesse à ses yeux entre la comtesse de Ségur et *L'Amant de lady Chatterley* mais qui, de toute manière, respirait la paix. Elle cherchait un biais, un joint, mais Charles, comme mystérieusement prévenu, la devança.

« Je voudrais m'excuser pour ce matin, pour ce pom-pom-pom-pom », dit-il.

Mais comme avec Jérôme ce matin, son pom-pom-pom était si lugubre, si lamentable, qu'il dut ajouter devant l'air égaré d'Alice : « Vous savez le pom-pom-pom des bottes allemandes, la nuit, dans les rues.

— Vous n'avez pas à vous excuser ! dit Alice vivement. C'est moi qui ai été ridicule. Je... »

Charles l'interrompit :

« Je ne savais pas du tout que vous étiez juifs, vous ou votre mari — je ne me rappelle plus très bien ce qu'a dit Jérôme — mais je vous assure que même ainsi je ne pensais pas, je ne savais pas que cela vous bouleverserait à ce point. » Il avait parlé très vite et ne releva les yeux qu'à la fin de sa phrase. Alice le regardait avec les yeux légèrement agrandis, plus par la surprise que par la rancune, lui sembla-t-il.

« Vous ne pouviez pas le deviner, dit-elle avec lenteur et en le regardant fixement, Fayatt est un nom qui sonne anglais mais Gerhardt Fayatt mon mari, mon ex-mari enfin, est effectivement juif.

— Cela vous a attiré beaucoup d'ennuis, je crois ? dit Charles. On ne sait rien dans ce pays, continua-t-il avec une amertume toute neuve.

— Cela a été surtout affreux pour Gerhardt », dit

Alice. Elle attendait qu'il lui posât une question directe sur ses origines à elle car Jérôme avait fait exprès de rester dans le vague pour mesurer les réactions de Charles, mais il ne broncha pas.

« C'était le meilleur chirurgien de Vienne, d'Europe, je crois. Son père, son grand-père étaient aussi de grands chirurgiens et en quelque sorte de petits seigneurs de l'Autriche. Heureusement pour nous, les nazis le savaient et quelques-uns de leurs dignitaires ayant des ennuis de santé, nous n'avons pas été raflés dès le premier mois ni déportés comme les trois quarts de nos amis juifs.

— Ils déportent aussi les femmes ? demanda Charles, incrédule.

— Oui, les femmes et les enfants », dit Alice, et comme il la regardait avec cet air décontenancé que l'on trouvait encore chez quelques personnes en Europe, chez les Anglais par exemple, ou chez certains Français perdus dans des provinces isolées, tel Charles — chez tous ceux, enfin, qui n'avaient pas encore été occupés — elle ajouta : « Ils déportent même les nourrissons, je les ai vus de mes propres yeux. » Elle avait pris une voix brève, la voix qu'elle prenait pour ces deux phrases, qu'elle enchaînait toujours car si les deux étaient également vraies, la deuxième empêchait qui que ce soit de mettre en doute la première, si atroce fût-elle — ou du moins devant elle. Mais Charles, même là, n'oubliait pas ses préférences. Visiblement les enfants ne l'intéressaient pas.

« Ils emmènent les femmes, vraiment, ces fumiers ? Comment leur avez-vous échappé ? »

Et comme il ne lui avait toujours pas posé la question principale malgré les dix prétextes qu'elle lui en avait donnés, parce qu'il lui semblait tout à coup possible qu'elle fût tombée, enfin, sur un homme pour qui le mot « juif » n'avait pas plus de poids que le mot « châtain », parce qu'il semblait que, pour cet homme, l'hypothèse qu'elle fût juive ne nuançait en rien son attirance pour elle, Alice se décida :

« D'abord parce qu'ils avaient besoin de Gerhardt ; ensuite parce qu'à Vienne ils n'emmenaient immédiatement que les femmes juives. Pas les femmes " mariées à des juifs ". Or je suis catholique de naissance, si l'on peut dire.

— Ah, bon ! dit Charles. Alors vous n'êtes pas juive, donc ! » Il hochait la tête d'un air approbateur qui commençait à terrifier Alice, puis il lui jeta un regard satisfait et confiant : « Je ne voulais pas vous le dire, dit-il d'un air soulagé, mais j'aime mieux ça. Franchement... »

Il y eut une seconde de silence. Alice sentait son sang refluer vers son cœur, la colère tambouriner aux veines de ses poignets et de ses tempes ; elle gardait les yeux baissés mais c'était pour chercher par terre n'importe quoi — une pierre, un bâton — afin d'en frapper cet homme infect et hypocrite, ce faux bon garçon. Il fallait qu'elle rentre, se dit-elle, et vite. Elle se leva lentement et entendit sa propre voix demander tranquillement, alors qu'elle se sentait près de hurler :

« Tiens, tiens... Et pourquoi aimez-vous mieux ça ?

— Eh bien, dit Charles, parce que cela veut dire que

90

vous courez moins de danger, tout simplement! Je n'aimerais pas du tout qu'ils vous embarquent dans leurs camps, et d'ailleurs je ne les laisserais pas faire, dit-il avec vigueur, ça, je peux vous le dire. Bon Dieu! ajouta-t-il brusquement. Vous êtes toute pâle, Alice. Rasseyez-vous. Ce que ces salauds ont dû vous faire peur, je les tuerais!... »

Alice se laissa retomber et elle cacha un instant son visage dans ses mains, étonnée du plaisir et du soulagement qu'elle ressentait à son tour. Elle aurait détesté finalement que Charles fût détestable, et cela l'étonnait vis-à-vis d'un homme qu'elle connaissait depuis vingt-quatre heures. Elle baissa les mains, découvrit l'œil inquiet de Charles fixé sur elle et eut honte tout à coup de ce qu'elle avait pu penser.

« Excusez-moi, dit-elle. C'est affreux, mais quand vous avez dit, enfin, quand vous avez dit que vous aimiez mieux ça, que je ne sois pas juive, veux-je dire, j'ai pensé que vous faisiez partie de ces gens qui...

— Qui quoi? demanda Charles. Des antisémites? Mais vous plaisantez, Alice! Quelle idée! Vous savez, j'avais un père idiot mais un oncle très intelligent, celui qui est mort il y a deux ans et que je remplace à l'usine. Il m'a parlé de ça un jour. Il m'a expliqué que depuis que nous pouvions retracer un peu notre histoire, depuis Charlemagne, tout le monde, connu ou pas, par exemple le descendant de Louis XVI, avait au moins vingt millions d'ascendants, forcément, automatiquement, sans compter les peuplades inconnues et tous les singes précédents. Et il m'avait dit que si quelqu'un pouvait m'assurer que parmi ses vingt millions d'ascendants il n'y avait pas eu une de ses arrière-grand-meres séduite par un juif, ni un de ses arrière-grands-pères marié à une jeune juive — tout cela avec les migrations et les mouvements de populations qu'il y a eus depuis vingt siècles — " si quelqu'un peut se jurer aryen, mon cher Charles, file-lui un coup de pied au derrière, c'est un crétin ". J'ai pensé qu'il avait raison, non ? Cela paraît fou cette idée, l'antisémitisme.

— C'est peut-être fou mais c'est vrai », dit Alice en s'étendant à nouveau sur le dos et en fermant les yeux tandis que Charles s'appuyait sur son coude et s'allongeait près d'elle à une distance respectueuse. Il mâchonnait un brin d'herbe, son regard errait sur l'eau, sur les arbres. Quand il revint à Alice, elle avait ouvert les yeux, et elle le regardait aussi. Un certain liquide sourdait de sa pupille, se regroupait au bord externe de l'œil et glissait très lentement sur ses tempes. Charles mit un instant à comprendre que cette eau inattendue s'appelait une larme et à en être bouleversé. Il chercha instinctivement la main d'Alice qu'elle lui laissa, et sur laquelle il posa une bouche tendre, chaude, pas le moins du monde équivoque. C'était bien la première fois qu'elle voyait un homme en maillot de bain, à demi nu, baiser dans un lieu champêtre la main d'une femme au bord des larmes.

Mais, loin de ressentir le ridicule de cette saynète, elle n'en ressentait que la douceur. Le projet de Jérôme, leurs manœuvres et leur plan lui semblaient tout à coup épouvantables, injustes, indécents. Il n'était plus question d'arracher cet homme sensible et tendre, cet homme bon — et pour qui la vie était bonne —, il n'était plus question d'arracher cet homme à ses plaisirs, à ses gaietés, à ses voluptés quotidiennes. De cela, il lui faudrait à son tour convaincre Jérôme, se disait-elle, en se relevant et en s'époussetant lentement ; mais elle savait déjà que sa révolte n'était que passagère et qu'il fallait bien que Charles, comme les autres, s'interposât entre les bourreaux d'aujourd'hui et leurs victimes de demain ; et cela même si sa peau était cuivrée, même si ses cheveux étaient soyeux, même si son cœur était ouvert et même si elle-même commençait à se sentir, réellement, comme un penchant à son égard.

Aussi, lorsqu'une fois rhabillés ils découvrirent la roue arrière du vélo d'Alice complètement inutilisable — car Charles en allant chercher ses cigarettes avait décidé d'employer les bons vieux stratagèmes —, aussi, est-ce sans méfiance et même avec un vague trouble et un certain plaisir qu'elle s'installa sur la barre de la bicyclette de Charles, et qu'elle le sentit, pendant les quelques kilomètres qui les séparaient de la maison, plonger son visage dans ses cheveux agités par le vent de la course, et qu'elle le sentit même appuyer son torse à son dos lorsqu'il s'arc-boutait, avec une énergie peut-être inutile, sur ses pédales. La campagne, comme leurs joues, était rose quand ils arrivèrent à la maison. Et les sarcasmes de Jérôme sur leur mésaventure cycliste irritèrent injustement Alice. Elle ignorait que le « coup du pneu troué » avait été le favori des deux garçons, lors des flirts innocents et troublés de leur folle jeunesse.

CHAPITRE V

Le même soir, un peu plus tard, elle était devant sa glace et regardait avec plaisir, pour une fois, le reflet — doré, déjà, rougi, encore — de son visage sous la masse noire et bleue de ses cheveux. Elle détaillait la bonne mine, l'expression alerte et l'œil moqueur de cette femme en face, de cette femme si visiblement désirée et si ostensiblement respectée par le beau Charles Sambrat ; ce primaire, sensible, gaffeur et tendre Charles, dont elle ignorait encore tout, la veille, et qu'elle connaissait aujourd'hui presque « par cœur » — et cette expression puérile lui semblait enfin juste.

Elle portait une jupe à plis, une jupe à raies noires et blanches, un chemisier gris fer, un collier et des boucles d'oreilles d'or gris-bleu. Elle se redécouvrait élégante, sans l'avoir cherché mais sans avoir délibérément renoncé à l'être. Jérôme frappa à la porte et entra aussitôt. Sous un front buté, il avait des lèvres trop serrées, un œil trop froid au-dessus duquel il fronçait des sourcils trop clairs pour être intimidants.

C'était très rare, chez lui, ce visage de la mauvaise humeur qu'Alice essaya aussitôt de dissiper.

« Qu'avez-vous fait cet après-midi ? demanda-t-elle avec une anxiété qu'elle s'en voulait d'ailleurs de simuler.

— J'ai visité deux fermes ; une vide et une habitée par leur propriétaire, un vieux type nommé Gélot qui nous avait appris à pêcher dans le temps. Comme il a eu un bras coupé à la guerre de 14-18, il en a gardé une rancune pour les " Boches ", comme il dit, très solide. Il cachera qui on veut, comme on veut, quand on veut... Ensuite, j'ai parlé avec le contremaître de Charles, que je connaissais bien aussi. S'ils ont des papiers, il trouvera des postes pour nos " passagers " et même des emplois tout à fait plausibles. A la condition unique, bien entendu, que Charles autorise ses employés à faire les " zigotos ", comme il dit.

— Je crois qu'il est sur la bonne voie », dit-elle en souriant et en regardant Jérôme en face (pour la première fois, se dit-elle, depuis qu'il était rentré).

Jérôme se mit à rire à son tour, mais d'un drôle de rire, le genre de rire qualifié de « jaune », alors que Charles, lui, riait rouge, songea Alice brusquement, bêtement, hors de propos. Elle retrouvait de plus en plus fréquemment ces sautes d'esprit, ces changements de ton disparus depuis sa crise, la « grande crise », et qui avaient fait d'elle très tôt une des jeunes femmes les plus drôles, les plus courtisées, de Paris et de Vienne. Sa gaieté d'alors avait quelque chose de bizarre, de libre, de cocasse, un mélange d'humour

96

froid, d'imagination chaude, et quelques coq-à-l'âne foudroyants sur certaines personnes.

En attendant, quelle qu'en fût la couleur, le rire de Jérôme n'était pas gai et s'arrêta net. Ils se regardaient tous les deux fixement, comme deux étrangers (eux qui cent fois, mille fois depuis trois ans, s'étaient longuement contemplés, avec de sa part à elle, une question, une peur de vivre intense, et de sa part à lui, une attention, une tendresse sans égal. Mais ce n'était plus le cas : ils se regardaient comme on se défie.) Il fallait arrêter ça, songea Alice, il se passait quelque chose d'affreux qu'il fallait enrayer au plus vite.

« Je suis bien sûr que vous avez séduit Charles, dit-il faussement mondain. Le coup du pneu crevé, chez lui, signale une véritable, une sérieuse attirance.

— Comment ça ? » dit Alice.

Sa voix était distraite, mais elle s'était immobilisée devant sa glace, son crayon de rouge à lèvres à la main, une main à la fois brandie et inerte comme dans le gros plan d'un film arrêté en plein milieu, une main que seule la réponse de Jérôme pourrait remettre en marche.

« Quand nous avons commencé à trousser les jupons, dit Jérôme, Charles et moi, en plein âge ingrat, nos succès n'étaient pas si évidents et nous aidions Vénus de mille façons : le pneu crevé, par exemple, était supposé troubler ces demoiselles. On les ramenait sur notre cadre, on humait leurs cheveux, on frôlait leur dos et cela avait un effet indiscutable ; en tout cas sur nous... Ce n'était pas une cour très raffinée, bien sûr, mais...

— Non?! s'exclama Alice les yeux brillants. Non! Ne me dites pas que Charles a remonté toute cette pente avec mes cinquante kilos supplémentaires sur son cadre pour le seul plaisir de " humer " mes cheveux, comme vous dites! C'est vraiment trop attendrissant.

— C'est sans doute attendrissant chez un jeune garçon de dix-sept ans, dit Jérôme sarcastique, mais chez un homme de trente...

— Mais ça l'est encore plus! dit Alice. D'abord, à trente ans, Charles est moins sportif qu'à dix-sept; de plus, maintenant qu'il est un adulte et un adulte couvert de femmes, je lui trouve beaucoup plus de mérite qu'à un puceau ignorant et poursuivant un rêve. Non, non, mon cher Jérôme, je trouve votre bel industriel, Charles Sambrat, tout à fait héroïque. »

Et comme Jérôme ouvrait la bouche pour lui répondre sévèrement, apparemment insensible à son humour, Alice se souvint tout à coup d'un vieux procédé, moins innocent, et qu'elle se souvenait être des plus habiles : c'était l'accusation boomerang.

« Enfin, Jérôme! dit-elle d'une voix indignée, vous n'allez pas me dire que vous êtes jaloux de Charles, que vous m'accusez de flirter avec lui? Mais enfin, pour qui me prenez-vous, sincèrement? Vraiment pour qui? »

Il y avait même une note mélodramatique dans sa voix et qui ne lui déplaisait pas. Ce vieux machiavélisme — renvoyer l'accusation à l'accusateur, l'accuser d'avoir accusé, bref — lui semblait à nouveau génial. Hélas, Jérôme était loin de ces subtilités.

« Mais si, dit-il, si, je suis jaloux de Charles. Quand je vous ai vus arriver tous les deux sur ce vélo, si près l'un de l'autre, l'air si gai et si heureux... »

L'indignation vertueuse ayant échoué, Alice se tourna instinctivement vers une autre technique, technique plus sentimentale et peut-être plus habile :

« Mais, dit-elle, vous disiez que vous désiriez plus que tout me voir l'air gai et heureux !

— Eh bien, je me trompais, dit Jérôme froidement. Oui, je vous espérais gaie et heureuse, mais avec moi. Pas avec un Charles. »

L'égoïsme et la cruauté de sa phrase lui apparurent aussitôt. Alice avait rabattu d'un seul coup de brosse la masse de ses cheveux sur son visage et il ne distinguait ni son expression ni même peut-être ses larmes. Il y eut un silence.

« Je ne comprends pas. Je ne vous comprends pas, Jérôme, dit enfin la voix d'Alice derrière les rideaux noirs de ses cheveux. Vous m'avez chargée de convaincre, donc de séduire, votre ami, non ? C'est vous qui avez tout décidé, qui m'avez amenée ici, non ? et envoyée en plein bois avec un homme connu comme coureur, non ? Et même s'il a crevé naïvement un pneu de vélo pour pouvoir respirer mes cheveux, cela me paraît peu de chose auprès des risques que vous me faisiez prendre en me laissant partir avec lui ! Je vous trouve parfaitement injuste, Jérôme, injuste et ingrat. »

Et, rejetant sa chevelure en arrière, elle sortit rapidement de sa chambre avant que Jérôme ait pu vérifier la présence ou l'absence de toute larme. Il était idiot et odieux et bas, elle avait raison, et il s'en voulait à mort. Il se fit des reproches pendant un bon quart d'heure avant de les rejoindre au salon, toujours honteux. Jérôme, en homme de tête, n'accordait aucun crédit finalement à ses impressions, à ses instincts, à ses craintes ou à ses peurs. Il ne croyait qu'à son intelligence, à son raisonnement et cela lui avait déjà coûté fort cher.

Assis sur le tapis, devant le feu, Alice et Charles jouaient au gin-rami. Le rire d'Alice rassura tout d'abord Jérôme sur les séquelles de leur scène, mais très vite relança sa fureur.

Mais que lui arrivait-il, à la fin ? Il venait de passer dix minutes terribles ; un mélange de honte et de remords à se rappeler ses phrases et ses accusations idiotes. Et, à ce moment-là, il aurait donné n'importe quoi pour qu'Alice n'eût pas été peinée et qu'il ne lui ait pas fait du mal pour rien ; ce qui était pour lui l'horreur la plus complète. Et maintenant que son rire était là, rassurant, preuve justement qu'elle n'avait pas eu de peine, il aurait donné tout ce qu'il avait pour la trouver en larmes quelque part et pour pouvoir la consoler lui-même. En fait, il ne supportait pas qu'Alice puisse rire alors qu'ils étaient encore quasiment brouillés.

« Vous n'avez pas très bonne mine, Jérôme », dit Alice en se retournant vers lui et en le considérant d'un air paisible, comme s'il ne s'était rien passé. Et il baissa les paupières précipitamment pour qu'elle ne voie pas son regard qui devait être celui d'un fou ou d'un malade mental.

Ils continuèrent leur gin sans plus se frapper de sa pâleur et le rire d'Alice retentissait maintenant toutes les trois minutes devant les bêtises que disait Charles, lequel, d'ailleurs, ne savait plus ce qu'il faisait; ce redoutable joueur, connu dans toutes les Alpes et le Dauphiné pour son flegme et son audace au poker (et aux jeux de cartes en général), jouait là comme un enfant de quatre ans — et même un enfant peu doué pour son âge. Il perdait bien sûr, mais il s'en fichait puisque Alice riait et Charles savait, ou pensait, que pour séduire une femme, il fallait d'abord la faire rire. Technique au demeurant fort efficace mais dont son physique aurait pu le dispenser. Néanmoins, il s'était composé un personnage ridicule, qui faisait toujours piètre figure dans ses récits, un personnage qui se faisait rejeter, repousser par des femmes, rosser par des hommes, qui était toujours le bêta de service. Cela lui donnait une sorte de charme bizarre, car le contraste entre son apparence physique et cette prétendue déveine avait quelque chose d'irrésistible.

Alice, donc, riait, elle s'étirait comme un chat devant le feu, s'allongeait sur le tapis, enlevait ses chaussures comme dans une maison de campagne où elle eût vécu toute son enfance. Habitué à la voir se terrer dans sa chambre, à se promener dans les couloirs avec une timidité de chien battu, Jérôme s'étonnait de cet air de chat content, indolent, de chat qui s'amusait, de chat qui avait envie de sortir et envie de rentrer, de chat heureux, bref. Il ne l'avait jamais vue ainsi. Et il ne pouvait pas penser que cette maison-là, avec ses meubles faussement rustiques ou faussement stylisés, amassés par les parents, les grands-parents et les arrière-grands-parents de Charles avec un mauvais goût définitif et effroyable, puisse, de quelque manière que ce soit, faire à Alice l'effet d'un cocon. Cette maison était un bric-à-brac atroce et par moments solennel, un bric-à-brac qui pouvait avoir son charme peut-être pour qui l'avait connu enfant, comme lui-même et Charles, qui pouvait donc avoir les charmes de la mémoire ; mais en aucune manière ceux de la nouveauté et du présent. Alice changeait pourtant à toute vitesse depuis ce matin : Alice n'avait plus peur ; elle ne venait plus frapper à sa porte, comme elle ne venait plus s'appuyer à son épaule, elle ne venait plus prendre sa main, la tenir entre les siennes légèrement tremblantes, l'étreignant de temps en temps comme on étreint une poutre, un morceau de bois quand on se noie. Alice n'avait plus peur de la guerre et n'en parlait plus, Alice avait changé, terriblement changé en un seul jour. Vingt-quatre heures à la campagne pouvaient-elles transformer une femme sensible, effrayée, secrète, douce et tendre ? Pouvaient-elles la changer en une autre femme encore plus secrète, mais audacieuse, gaie, ironique et indépendante ? Non, ce n'était pas la maison et ce n'était pas non plus Charles Sambrat malgré tout, malgré sa jalousie instinctive qui était une pure jalousie de mâle, en plus, se répétait Jérôme maintenant avec décision, ce n'était pas

Charles qui pouvait changer Alice : il pouvait au mieux lui plaire et la lui prendre, un soir, ailleurs et même plus tard, mais en tout cas pas avec Jérôme sous son toit. Cela Alice ne le supporterait pas, par respect pour lui. Ni même dans un champ parce que Alice n'était pas une femme qu'on couche dans un champ. Donc il ne risquait rien, il ne risquait rien qu'une absence d'attention de la part d'Alice. Et cette attention, elle la retrouverait d'elle-même dès qu'ils seraient de nouveau plongés dans les conflits, dans la bagarre sombre et nocturne, dans les égouts et les tunnels qu'était la Résistance et dans laquelle, il le savait maintenant, il devrait l'entraîner : pas pour lui, pour elle, pour qu'elle redevienne ce qu'elle était et ce qu'elle devait être, ce qu'elle avait été pendant les trois ans où il avait été amoureux d'elle comme il l'était peut-être plus encore aujourd'hui. Il fallait qu'il l'emmène, il la protégerait de tout. Sauf d'elle-même... bien sûr, mais d'elle-même, il l'avait déjà sauvée une fois, après tout. Jérôme avait sauvé Alice de la tristesse, pourquoi ne la sauverait-il pas de la frivolité ?

Jérôme oubliait une chose : c'est qu'il avait connu, dès l'enfance, cette tristesse, ce mal de vivre, dont il avait guéri Alice, et que, s'il était plus aisé de guérir les maladies que l'on connaît, il était autrement difficile de guérir les autres. Jérôme, lui, n'avait jamais été ni léger, ni insouciant, ni fou de désir pour la vie. L'allégresse n'était qu'un mot à ses yeux, un mot de livre, alors qu'Alice, elle, avant de tomber malade, avait été une petite fille puis une jeune femme éprise de la vie. Elle avait connu ces elans, ces bonheurs fous, ces euphories incompréhensibles, dont la vie peut parfois combler un être humain. Et ces instants privilégiés, au passage, Jérôme ne pourrait pas plus les reconnaître qu'elle-même ne pourrait les éviter. De même qu'un aveugle de naissance, lorsqu'il rencontre un aveugle accidentel, peut le comprendre, voire l'aider à supporter sa cécité, de même il ne pourra pas, si cet accidenté retrouve la vue, l'empêcher de sauter sur ses pieds et de courir vers le soleil.

« Bon Dieu! dit Charles. Blitz! » Il s'interrompit et regarda vers la porte. Un de ses chiens rentrait en boitant, l'air plaintif et trottait vers lui. Charles délaissa en une seconde ses cartes, Alice, Jérôme, et l'existence tout entière pour se pencher vers son chien. Il le fit mettre sur le dos, prit sa patte, la tâta du bout du doigt jusqu'à ce que le chien gémisse un peu tout en lui chantant une sorte de mélopée :

« Mais qu'est-ce que tu t'es fait, grand nigaud ? Pauvre bêta, attends, là, là, ça te fait mal, là ? Non. Plus loin ? Ah oui, là. »

Et il lui dit : « Ah ben oui, c'est là, mon pauvre vieux. Attends. Tu as encore couru dans les fourrés, toi! C'est intelligent, ça! C'est malin! Ah, pardon, ce n'est pas une épine, c'est un... Qu'est-ce que c'est que ça ? Comme un clou... Tu te mets des clous dans les pattes maintenant ? comme dans un vieux pneu ? Voyons! voyons, Blitz, mon vieux Blitz, il faut faire attention! Attends un instant! Une seconde! Une seconde! »

Charles tirait un petit couteau suisse de sa poche —

« comme un boy-scout », songea Jérôme — et il dépliait une petite pince à épiler, ou quelque chose d'approchant. Il se pencha sur le chien, mais le chien hurla si douloureusement qu'Alice sursauta et se précipita vers eux.

« Tenez-lui les pattes, tenez-lui les pattes de derrière », dit Charles brièvement, d'un ton d'autorité insoupçonné chez lui. Et Alice prit les cuisses du chien, tremblantes, les serra dans ses mains. Elle vit Charles se pencher, attraper une petite chose noire dans la patte rose et noire du chien, et la tirer d'un coup sec. Le chien s'ébroua et se leva d'un bond. Il fila vers la porte puis, honteux, revint et posa sa tête d'abord sur les genoux de Charles puis sur ceux d'Alice au passage, une seconde, avant de repartir.

« Ce chien a exactement la conduite qu'il faut, dit Jérôme d'un ton sarcastique. Son maître d'abord, l'infirmière ensuite. Il aurait pu me donner un petit pourboire comme assistant.

— Tu n'as jamais aimé les bêtes, dit Charles d'un ton désagréable.

— Mais si, j'aime les bêtes, dit Jérôme, mais je préfère les gens. Je me méfie de ceux qui préfèrent les bêtes.

— Ce n'est pas mon cas », dit Charles en riant.

Et son rire détendit l'atmosphère.

« Et pourtant, conclut Charles, en fixant Jérôme, pourtant, avec ta tête d'Anglais, tu devrais avoir la passion des bêtes, toi ! N'est-ce pas, Alice ?

— Je n'ai jamais pensé à la tête d'Anglais de Jérôme, dit Alice en souriant. Mais, à propos d'Angleterre, Charles, vous pouvez capter Radio-Londres d'ici?

— Radio-Londres? Mais bien sûr! Tous les Français tirent leurs doubles rideaux et se mettent autour de la table familiale à l'heure précise, coude à coude, pour entendre les Français parler aux Français. Plus personne ne songe maintenant à faire tourner les tables et à appeler les défunts, on appelle des vivants, c'est plus gai! Tu le sais bien, d'ailleurs!

— Je n'en suis pas si sûr, hélas! dit Jérôme.

— Mais je te jure que si! » Charles riait à présent. « Il n'y a que les vrais Résistants qui n'écoutent pas Radio-Londres, par précaution! Passe un soir dans notre village, par exemple, où les gens ont leurs volets ouverts à cause de la chaleur, tu n'entendras que ça! En attendant, ajouta-t-il, ma radio est dans la bibliothèque et, à l'heure exacte, nous y serons aussi. Tu l'écoutes tous les soirs, toi?

— Quand je peux, oui, dit Jérôme. Mais ce soir, il le faut absolument, nous pourrions avoir un message, entendre quelque chose qui nous concerne, en tout cas j'écouterais, même si vous continuez votre gin... »

Mais sa remarque, légèrement acide, passa inaperçue.

CHAPITRE VI

A l'heure dite, donc, ils étaient tous trois réunis devant le poste crachotant d'où émergeaient des voix d'hommes libres parlant d'un pays libre. Charles était dans son fauteuil, légèrement courbatu par ses prouesses cyclistes de l'après-midi ; il regardait la proche et lointaine silhouette d'Alice. Il fumait un vieux cigare découvert lui aussi dans la cave, et trouvait comme chaque soir le temps un peu long, pendant que cette même voix si jeune, venue de si loin, envoyait ses petits messages poético-débiles dont semblaient se repaître médiocrement, Dieu merci, ses hôtes de ce soir. Aussi fut-il stupéfait de voir soudain Jérôme debout, blanc comme il ne l'avait jamais vu. La voix dans le poste répétait tranquillement, absolument pas concernée, semblait-il : « Les bergers sont partis et le troupeau l'attend. Les bergers sont partis et le troupeau l'attend. Nous répétons : les bergers sont partis et le troupeau l'attend... La colombe a passé son filet sur les arbres. La colombe... »

Mais il ne s'agissait pas de colombe, visiblement, pour Jérôme. Il restait debout, Alice était debout

107

aussi, pres de lui. Elle l'avait rejoint ; et visiblement pour elle, Charles n'existait plus. Une sorte de nausée, faite non pas de jalousie mais d'un sentiment de rejet, le prit à la gorge tandis qu'à son tour il se levait lentement, avec politesse, comme si l'on eût joué brusquement chez lui au café une *Marseillaise* sinon inopportune du moins inattendue.

« Bon Dieu ! Bon Dieu ! murmura Jérôme, vous avez entendu, Alice ? Vous avez entendu aussi ?

— Oui », dit Alice d'une voix aussi basse.

Elle se laissa glisser très lentement dans son fauteuil, mit les mains devant son visage tandis que Jérôme lui tournait le dos, se mettait face au feu et donnait des coups de poing violents contre le marbre de la cheminée.

« Ils ont bien dit... se demandait-il à lui-même, ils ont bien dit : le troupeau, les bergers... » et sans attendre qu'Alice lui réponde ou quiconque, il se retourna d'un coup vers Charles immobile qui le dévisagea avec stupeur ! Car le visage pâle, fin, distingué, un peu mou même, selon Charles, de Jérôme était devenu brutal en même temps que blême : sa mâchoire contractée, son regard dur et ses joues creusées le rendaient beau, découvrait Charles malgré lui. Il était beau en colère, il était beau dans l'action, il était peut-être même beau dans un lit, songeait Charles avec déjà la rancune d'un homme filouté. Mais la main de Jérôme, agrippée à sa veste, le secouait avec une vigueur que Charles ne lui soupçonnait pas non plus.

« Ecoute-moi bien, Charles, il faut que tu me prêtes

ta voiture. Je dois téléphoner quelque part, mais pas d'ici. J'en ai pour une heure, ou deux peut-être. Alice, vous restez ici. Je te la confie, Charles ; si dans cinq heures, je ne suis pas revenu, oubliez-moi quelque temps. Je te la confie, Charles. Mais je serai là bien avant. »

Et, attrapant les clefs que Charles lui jetait, il disparut de la pièce. La voiture partit aussitôt.

Et, dès le bruit du gazogène disparu dans la nuit, les grillons reprirent leur concert. Alice regardait le feu. Son visage avait aussi une expression lointaine, un peu triste.

« Pouvez-vous me dire... ? commença Charles très doucement.

— Oui, dit Alice, le regardant sans même le voir, remarqua-t-il avec tristesse. Oui, je peux vous dire. Cette phrase que vous avez entendue signifie que trois membres du réseau ont été pris, sont entre les mains des Allemands et sont peut-être, à l'heure actuelle, torturés ou fusillés, je l'ignore. C'était des amis, des amis de Jérôme, d'abord et un peu de moi aussi. Et puis cela veut dire, continua-t-elle plus lentement, comme si elle exprimait sa pensée au fur et à mesure, cela veut dire que tous les juifs ou les non-juifs qui nous attendent, Jérôme ou moi, qu'ils connaissent et en qui ils ont confiance et en personne d'autre, risquent de sortir pour aller au rendez-vous, de ne trouver personne, de s'affoler et peut-être se faire prendre. Cela veut dire que si un autre que Jérôme ou moi leur fixe un nouveau rendez-vous, ils croiront à un piège et n'iront pas et comme Jérôme ne peut plus monter à Paris, qu'il doit être recherché partout maintenant, cela veut dire... cela veut dire que... que je vais y aller moi-même. Je vais aller au rendez-vous pour les prévenir et leur donner un autre jour, un autre passeur. Oui. Oui, voilà ce que ça veut dire. Il faut que j'aille à Paris moi-même, tout de suite, enfin demain. La police ne me connaît pas, la Gestapo non plus, je n'ai jamais rien fait, je ne risque rien », ajouta-t-elle en souriant un peu parce qu'il était devenu blanc.

A sa grande surprise, il se mit à vociférer :

« Parce que vous pensez que vous allez aller là-bas à sa place, vous pensez que c'est votre rôle ? Vous pensez que Jérôme va envoyer une femme se faire prendre, charcuter et tuer par ces maniaques ? Si Jérôme le fait, c'est qu'il est fou, que c'est un salaud ! Le rôle des femmes, je vous l'ai déjà dit, Alice, ce n'est pas pour moi de coudre ni de pondre des enfants, le rôle des femmes c'est de vivre, d'être belles, d'être jeunes, d'être comme vous l'êtes, Alice, Alice... Les hommes n'envoient pas des femmes se faire tuer à leur place ! Je tuerais Jérôme s'il vous laissait partir ! Je ne le supporterai pas, Alice, vous n'irez pas à Paris à sa place ! »

Ils se regardèrent. Ils n'étaient plus du tout amis, ils étaient deux étrangers, un homme et une femme.

« Ecoutez-moi, Charles, dit-elle, j'aurai déjà assez de mal à convaincre Jérôme. Cela fait six mois qu'il se refuse à m'utiliser. Mais là, je sais où est ce rendez-vous et je sais à quelle heure. Et croyez-moi, Charles, qu'il le veuille ou pas, que vous le vouliez ou pas, j'irai. Ce n'est pas que je sois héroïque le moins du monde, mais il n'y a pas de danger. Et, de plus, il y a des femmes, des enfants et des hommes qui attendent que quelqu'un les emmène et empêche leur extermination. C'est assez simple, croyez-moi, croyez-moi, et elle se mit à rire. Croyez-moi, pour une fois que je m'occupe de quelqu'un d'autre que moi, pour une fois que je suis utile à quelque chose, pour une fois que je peux aider au lieu d'être aidée, pour une fois qu'au lieu de saccager la vie d'un homme amoureux de moi, je peux empêcher la mort de gens inconnus, croyez-moi, Charles, laissez-moi tranquille. Je vais attendre le retour de Jérôme dans ma chambre. Je vous demande pardon, Charles », dit-elle sur le pas de la porte tandis qu'il restait là, étourdi, étonné, le sang aux joues, les mains crispées sur le bord de la cheminée, hagard et furieux.

Un instant, Alice se dit que Charles Sambrat en colère et soulevé par une bonne raison devait être un très dangereux adversaire ou un très précieux allié. Il y avait maintenant vingt-quatre heures qu'Alice regardait évoluer devant elle ce séducteur qu'elle devait séduire, ce gentil garçon un peu trop beau, un peu trop coureur, et qu'elle le regardait avec un plaisir esthétique dénué de toute sensualité. Cet instant était le premier où elle ne le voyait plus comme l'acteur d'un vaudeville démodé et grotesque, mais peut-être comme un éventuel compagnon de combat. Aussi ne comprit-elle pas pourquoi, sur le pas de la porte et sur le point de le quitter, elle se sentit envahie et débordée par une vague de désir violent, indécent et si précis qu'elle tituba en sortant du salon, les joues en feu, elle aussi.

Lorsque Jérôme rentra, trois heures plus tard, dans le milieu de la nuit, il trouva Charles Sambrat debout, à la porte, qui l'attendait. Ils eurent une longue discussion, entrecoupée par moments d'insultes, et, par moments de mots d'affection. En tout cas le lendemain, lorsque Alice descendit l'escalier, elle tomba sur Jérôme qui lui déclara, d'une voix précise et nette, que le rôle d'une maîtresse d'industriel en cuirs et peaux, montant à Paris pour un ingénieur, était une couverture idéale, en effet, pour la résistante en herbe qu'elle était; et qu'il serait, lui, Jérôme, obligé et reconnaissant à Charles de l'accompagner jusqu'à Paris et de l'en ramener. Charles ne disait rien, il écoutait Jérôme, il ne regardait même pas Alice, mais il émanait de lui une sorte de halo, une sorte de vibration dans l'air qu'Alice connaissait, qu'elle se souvenait avoir déjà perçue près de certaines personnes, parfois éprouvée elle-même et qui était, comme le soleil d'Austerlitz, la pâle et étincelante traînée du bonheur.

CHAPITRE VII

Le voyage dans un train bondé avait été épuisant, et
Paris lui-même, où ils arrivèrent enfin au soir, sous la
pluie, avait paru à Charles obscur, lugubre, avec le
seul écho du pas des patrouilles allemandes. Même
son hôtel, rue de Rivoli, qui avait toujours eu à ses
yeux un côté xviiie siècle, mi-luxueux, mi-libertin, lui
semblait aujourd'hui morne et désuet, démodé. Peut-
être Jérôme avait-il raison, finalement, de vouloir
précipiter le départ de ces Huns. Néanmoins, l'adul-
tère restant à l'évidence la meilleure des couvertures
pour une résistante en herbe, Charles avait retenu
pour Alice et pour lui-même deux chambres commu-
nicantes ouvertes sur les Tuileries. Et ce premier
matin, un soleil radieux revenu dans le jardin des
Tuileries, la douceur de l'air, ce léger vent introuvable
ailleurs avaient rendu à Charles ce Paris d'été qu'il
aimait tant avec ses terrasses, ses journées interminables, ses soirs tièdes et bleus, ses avenues vides, ses
arbres, ses statues, tous les complices de ses plaisirs et
de ses rêveries.
Ce soir, il emmènerait Alice découvrir son Paris à

lui, ce soir il essayerait de l'écouter, de lui parler, de l'amuser, de la « distraire » de tout : de la guerre, des juifs, des nazis, de Jérôme, de son passé et même de lui-même. Ce soir, il lui cacherait son désir, il lui offrirait tout et ne lui demanderait rien. C'était peut-être la première fois que Charles Sambrat envisageait une soirée de la sorte, car il s'était toujours plus préoccupé du plaisir des femmes que de leur bonheur. Peut-être parce qu'il se croyait plus capable de donner et de partager le premier que le second ; (et que de plus, la courtoisie et la sensualité, les usages et l'instinct, pour une fois associés, le poussaient toujours à confondre les deux). Il avait fallu Alice pour que leur désastreuse différence redevienne tangible : « Ce n'est pas seulement qu'elle me plaît, c'est que je pourrais l'aimer », se disait-il, et tour à tour la jubilation, l'effroi, l'incrédulité, l'excitation se succédaient en lui. Allait-il se lancer dans une école buissonnière sentimentale — saugrenue à son âge ? Allait-il revenir dans les superbes paysages de l'amour — oubliés, croyait-il, depuis sa puberté ? Allait-il rajeunir — ou devenir gâteux ?

Il s'habilla avec soin, mit un de ses coûteux costumes d'alpaga acquis juste avant la guerre et, de ce fait, presque neuf, légèrement cintré à la taille et qui lui valut, quand elle ouvrit la porte, un coup d'œil d'Alice, rapide et souriant, qu'il attribua, dans son entrain, à l'admiration. Si Alice l'avait pris jusqu'ici pour un provincial, eh bien, elle allait voir !

« Vous avez bien dormi ? » s'enquit-il.

Il traversa la chambre et alla jeter par la fenêtre un

coup d'œil désabusé sur les Tuileries avant de se retourner.

« Mon Dieu... mais vous êtes superbe », dit-il d'une voix changée.

Car Alice, qui était à contre-jour en lui ouvrant, se trouvait maintenant en pleine lumière ; et, à mille lieues de l'Alice en chandail et en jupe du Dauphiné, il découvrait une autre femme. Elle portait une robe de soie légère jaune pâle, elle était plus maquillée aussi, plus âgée et plus désirable. Sa bouche était plus rouge, ses yeux plus allongés, son corps plus visible. Et Charles songea tout à coup qu'il était dans la chambre de la maîtresse de Jérôme et que ce dernier était absent. Son regard croisa celui d'Alice qui, attrapant son sac, gagna la porte aussi peu naturellement que possible.

« Vous aimez ma robe ? dit-elle. C'est une robe de Grès, je crois... ou de Heim. Elle est très légère, elle est très, très bien pour cette chaleur surtout », continua-t-elle sur un ton d'excuse, comme pour justifier ses bras nus, son cou nu et son corps entier presque nu sous sa robe. « Vous sortez, Charles ? »

Avec une assurance nouvelle, car il était hors de la chambre, Charles répondit : « *Nous* sortons. Vous ne vous imaginez pas que je vais vous laisser seule dans Paris, avec cette robe et ce teint... Vous avez très bonne mine, vous savez. Vous avez bruni à la maison. »

Il disait n'importe quoi, il bredouillait mais il avait l'air si enchanté de l'existence qu'Alice se laissa gagner par son entrain. Elle supporta la comédie silencieuse et ridicule qu'il joua avec le concierge de l'hôtel en lui rendant leurs deux clés, elle apprécia, même, sa pantomime de la discrétion et de la résignation qu'exécutèrent son visage et sa voix quand il répondit : « Oui, nous gardons les deux chambres ce soir », à la question muette et tendancieuse de l'employé.

Il était vraiment attendrissant, pensa-t-elle avec une bouffée de tendresse, même avec ce bizarre complet qui lui donnait l'air d'un écuyer de manège enrichi. Il pourrait être superbe, bien habillé, dans un tweed marron et noir comme ses yeux, comme sa peau, ou dans un smoking très droit qui laisserait voir sa vigueur, sa minceur, la rectitude de son corps, son port de tête. Il lui semblait que Charles entrait et sortait des pièces, alors que les autres hommes s'y glissaient. Elle s'étonnait de n'éprouver aucune frayeur de ce rendez-vous qu'elle avait pris le matin même et qui la mènerait peut-être, malgré tout, à un guet-apens ; rien n'était jamais sûr, jamais, dans ces circonstances. Mais la présence de Charles rendait absurde l'idée de tout danger : leur séjour devait être exquis et la certitude qu'il en avait, qu'il affichait, s'avérait contagieuse.

Il l'emmena déjeuner dans un grand restaurant, jadis réputé pour son grand chic mais où la chère était devenue exécrable ; et Charles, pour qui la notion de « tickets », au cœur de sa verte province, restait des plus abstraites, s'en plaignit vivement à un maître d'hôtel vexé — et vertueux — ce qui acheva de l'exaspérer. Alice riait mais il se promit bien de l'emmener le soir même dans un des hauts lieux du marché noir...

Sur le trottoir, ils se regardèrent en souriant. Il faisait beau comme il peut faire beau à Paris l'été.

« Que faites-vous cet après-midi ? demanda-t-il.

— Quelques courses, dit-elle de la même voix évasive. Nous nous retrouvons à l'hôtel, tout à l'heure ?

— Bien sûr. Ne dévalisez pas les boutiques », ajouta-t-il goguenard.

Car il savait, bien avant de partir, que le rendez-vous d'Alice avec ses conspirateurs avait lieu ce premier jour dans un bistrot anonyme. Mais où ? D'après le coup de téléphone entendu le matin même, ce devait être celui où Jérôme avait fêté son dernier anniversaire avec ses sbires, adresse bien elliptique ; si elliptique qu'il allait être obligé de suivre Alice, comme un détective de cette agence Dubly qui avait fasciné toute son enfance. A trois heures, ils se séparèrent donc, affectueusement, et Alice fut un peu choquée de le voir partir si allègre vers ses rendez-vous d'industriel, alors qu'il risquait peut-être de ne plus la revoir. Il était bien léger, quand même, ce cher Sambrat ; amoureux sans doute, mais très, très égoïste, en tout état de cause. Elle fit quelques détours, repassa par l'hôtel et sortit par la porte de derrière que lui avait indiquée Charles. Elle se retrouva finalement assise à la terrasse du *Café des Invalides*, celui où Jérôme, elle-même et leurs amis s'étaient gaiement enivrés pour ses trente ans. C'était un café paisible, très ensoleillé et très chaud ; et par cet après-midi de mai, quelques Parisiens fatigués, deux provinciaux et un soldat allemand paraissaient également absorbés et égarés dans la contemplation de leur boisson tiède. C'était étrange, pensait Alice, à quel point, sous la canicule, la nationalité ou l'état civil importait peu. Les quelques clients semblaient former une petite famille de provinciaux, accablés par la chaleur, et ce jeune homme en vert-de-gris, qui transpirait avec eux, en devenait presque un parent éloigné.

Elle s'abrutissait lentement dans ce café, les minutes passaient, interminables, et peu à peu le doute la gagnait ; et avec lui son corollaire : la peur. Il était quatre heures vingt, Carnot avait quinze minutes de retard à présent, et cela voulait dire « décampez » dans tous les réseaux du monde. Mais Alice ne s'y résolvait pas : la pensée d'être venue à Paris pour n'y rien faire, de s'être agitée, avancée, énervée inutilement, lui faisait tout à coup horreur. Elle qui aimait si désespérément le noir, l'anonymat, l'irresponsabilité, brusquement ne les supportait plus. Elle ne voulait plus vivre pour rien, se battre pour rien et mourir en vain au terme de sa longue et jeune vie gâchée déjà par elle-même. Les larmes lui vinrent aux yeux tout à coup, et ce fut à la peur du ridicule et non à celle de la Gestapo qu'elle céda en se levant.

Dans la rue, elle obliqua vers l'Ecole militaire ; la grande esplanade vacillait, à travers ses larmes, dans le soleil. Elle trébucha. Une main se posa sur son bras, l'arrêta, et, à l'instant, elle reconnut Sambrat sans avoir même eu le temps de craindre une autre poigne. C'était Charles dans son ridicule costume clair, avec son ridicule visage de bellâtre et son ridicule sourire satisfait. C'était Charles, qui, naturellement, l'avait suivie et avait effrayé son vrai fileur — celui qui sous les ordres de Jérôme, et selon l'habituelle tactique, épiait ses suiveurs éventuels. C'était Charles qui avait saboté ce premier rendez-vous et qui allait l'obliger, maintenant, à se rendre à un deuxième, y attendre, à nouveau, vingt minutes, puis à un troisième, peut-être, si son contact n'était pas assez rassuré pour l'accoster. Elle le détestait.

Charles était assez content de lui. Non seulement il était parvenu à suivre Alice de loin, non seulement il avait assisté du café d'en face à sa longue attente, attente qui avait choqué chez lui le gentleman et exaspéré l'amoureux, mais en plus, il était là, maintenant, pour la ramener en toute sécurité, loin de ces zigotos inexacts et compromettants. Aussi la pâleur subite du visage d'Alice sous son hâle, ses yeux froids le déconcertèrent-ils, d'abord, avant que ne l'atteignent, comme des coups, ses mots prononcés, d'une voix inconnue (la voix que, dans certains films, utilise le méchant riche pour parler au gentil pauvre, ou le cruel industriel au dévoué jardinier), une voix en tout cas insoupçonnable chez Alice.

« Qu'est-ce qui vous prend, dit-elle, vous devenez fou ? » Et elle alla s'asseoir sur le banc le plus proche où il la suivit, stupéfait. Elle respira longuement avant de reprendre d'une voix qu'elle contenait, visiblement, avec peine et qui empestait le mépris :

« Comment voulez-vous que l'on m'aborde, si on vous voit partout courir derrière moi comme si j'étais un trottin ? Nous sommes en guerre, Charles, même si vous ne voulez pas le savoir, malgré les nuits noires, malgré la tristesse des gens, malgré les queues dans les rues, malgré toutes ces pancartes odieuses là, là et là !... »

Et elle designait les panneaux de bois écrits en allemand qui, effectivement, submergeaient Paris et qu'effectivement il n'avait pas encore vus. Et que lui dire ? Rien, sinon qu'il n'avait vu qu'elle, et que, si demain, il l'emmenait à Cannes, il n'y verrait pas plus la mer qu'aujourd'hui, à Paris, les Allemands.

« Mais, dit-il, je voulais seulement vous protéger, être sûr que personne ne vous suive, que...

— Ne vous mêlez pas de ça, Charles. C'est très gentil de m'accompagner ; mais si cela devient un empêchement au lieu d'une aide, je me passerai très facilement de vous. »

Et elle se leva. Elle avait repris quelque couleur, et sur le ciel parisien, sur le dôme des Invalides, son corps élégant et mince se profilait comme un objet inaccessible. L'indulgente ironie qui changea sa voix, ensuite, n'arrangea rien.

« Allez voir vos préposés aux barbelés ou quelque vieil ami (et il n'y avait même pas un " e " pour donner quelque attrait à cet éventuel ami). Et nous irons dîner ce soir dans un restaurant très cher où l'on cachera les steaks sous la salade et où l'on rira très fort. Mais pour le reste, ce n'est pas votre affaire, vous me l'avez assez dit. »

Et elle s'éloigna aussitôt sans même se retourner, sûre, parfaitement sûre qu'il ne la suivrait plus, sûre de son remords, sûre de son assentiment forcé à ses aventures guerrières. Il rentra à l'hôtel goûter tout seul les fruits amers du dévouement.

Cette nuit, qu'il avait espérée sentimentale sinon amoureuse, se révéla sentimentale, en effet, mais malheureuse. Il lui restait juste à s'enivrer, ce qu'il tenta de faire, en vain, avec l'exécrable et ruineux cognac fourni par le concierge. Il se coucha tôt et, désespérément lucide, écrivit à Alice trois lettres d'excuse : une enflammée, une sarcastique et une plaintive, déchira les trois et tendit l'oreille.

Alice rentra vers minuit et ne vint pas lui dire bonsoir. Dans le noir, Charles attendit une demi-heure jusqu'à ce qu'il n'entendît plus le moindre bruit dans la chambre à côté. Il se leva et en robe de chambre vint par l'extérieur frapper à la porte, tout à fait horrifié de le faire. Alice ne répondit pas, feignit le sommeil sans doute, et il lui en fut, par la suite, reconnaissant. Néanmoins, dans ce couloir mal éclairé, transpirant et grelottant à la fois devant la porte d'une femme qu'il importunait, Charles Sambrat se rendit compte avec terreur que ce même Sambrat pourrait très bien, un autre soir, passer la nuit à tambouriner à une porte et à clamer un prénom, au lieu de rentrer se coucher très vite et sans faire de bruit comme il le faisait aujourd'hui. Ce soir-là, naîtrait un autre Sambrat que lui, Charles, n'estimait pas, et qui même le dégoûtait d'avance.

CHAPITRE VIII

Le temps, comme son humeur, s'était gâté le lendemain matin. Charles se réveilla triste, s'en étonna, mit
quelques instants à se rappeler pourquoi. « Madame
est sortie très tôt ce matin, monsieur Sambrat, lui
dit le concierge au téléphone d'une voix de théâtre
dont Charles, moins obsédé, eût peut-être perçu
toutes les nuances. Le « madame », d'ailleurs, le
« madame » tout seul et non le « madame Sambrat »
habituel, ironique et complice du concierge, indiquait
l'admiration, la considération même pour Alice
qu'instinctivement le concierge avait reconnue
comme étant une femme du monde, encore qu'il n'en
eût que très peu la pratique. Le « est sortie très tôt ce
matin », lui, contenait le doute, l'alarme, voire le
sarcasme. Généralement, que ce fût par excès de
lassitude ou par excès d'enthousiasme, les conquêtes
de monsieur Sambrat sortaient après lui de sa chambre. Enfin, cc « monsieur Sambrat » solennel et pom-
peux, à la fin, impliquait une compassion, un adieu à
la victoire, et, à tout hasard, un peu de condoléances,
de regrets, pour un passé qui n'était plus. On respecte

le malheur, et surtout on pardonne mal au succès ; le bonheur des uns n'est jamais supportable longtemps aux autres et toute la générosité de Charles ne pouvait empêcher que le concierge fût louchon. D'ailleurs, tout, dans son ton, n'était pas si faux : l'admiration devait aller à Alice, le doute à Charles et à lui aussi la compassion. (Il en est souvent ainsi des commentaires les plus hasardeux que l'on donne aux faits — que ces commentaires soient ceux des grands historiens ou des ragoteurs de journaux, ceux des concierges ou ceux des gens du monde, il y traîne toujours une sorte de schéma semblable à la vérité ; sauf, bien sûr, la vérité elle-même qui, on le sait, est faite de nuances : autrement, en accusant Cole Porter d'avoir, avec son *Night and Day*, plagié la Cinquième Symphonie de Beethoven — *do, ré, do, do, do, ré, do, ré* — n'importe qui aurait raison — et, bien entendu, tort.) La seule erreur du concierge, la grosse erreur du concierge était cette allégresse qui, dans sa voix, faisait lever l'image d'une femme légère, gaie et court vêtue courant dans Paris à la recherche de joyaux ou de fourrures. Ce n'était pas le cas : Alice avait très mal dormi, avait fait des cauchemars, avait eu peur ; et c'était d'un pas plus hâtif qu'allègre qu'elle était partie vers ce qui était peut-être son destin. Elle avait quand même suivi point par point les instructions de Jérôme, téléphoné à l'autre maillon d'un autre réseau après le premier rendez-vous annulé par la présence de Charles, était allée au second pour, enfin, y être rejointe par un résistant, ami de Jérôme, à qui elle avait expliqué le problème. Il avait été convenu qu'elle le retrouverait le lendemain même, tout près du lieu du rendez-vous, afin qu'elle puisse, s'il n'y avait pas de piège, aller le chercher et le présenter à ceux qui les attendaient. Bien entendu, avec tous ces gens regroupés là après d'interminables vicissitudes, d'extravagants itinéraires dans une Europe en flammes, avec ces gens aux nerfs secoués et au cœur souvent brisé, il fallait être plus qu'écoutée : il fallait être crue ; et Alice se demandait, d'abord, si elle arriverait jusque-là et ensuite, si elle pourrait les persuader d'aller ailleurs. Déjà l'absence de Jérôme rendrait cet intérim encore plus affolant, suspect, pour tous ces gens qui le connaissaient, qui l'avaient contacté, mais qui avaient vu Alice auprès de Jérôme plutôt comme une amie que comme une auxiliaire.

Arrivée au rendez-vous, elle fit trois fois le tour du pâté de maisons, s'arrêta dans une pharmacie pour acheter du vernis à ongles, bien qu'elle n'en eût strictement pas besoin mais, sottement, le simple fait d'acheter au dernier moment un objet aussi futile — qui serait peut-être tout à fait inutile, en plus (car qui se soucierait qu'elle ait les ongles bien vernis, si elle était attachée à un poteau, les yeux bandés) — le simple fait de se réfugier vers un passé frivole la rassurait. Et c'est d'un pas décidé qu'elle alla vers le numéro 34 de la rue et qu'elle en passa le porche.

Elle découvrit une longue allée, bordée de portes de chaque côté et au fond de laquelle scintillaient, sous le soleil parisien, des coquelicots, quelques fleurs des champs plantées là par quelque concierge poétique.

125

Alice marcha à pas lents vers ce jardin minable qui lui paraissait fantastique, le plus beau des tableaux, le plus rutilant des Douanier Rousseau, comme il lui semblait, devant chacune des portes, qu'allait en jaillir un de ces hommes à la face en forme de couteau et aux yeux aux pupilles de pierre dont elle commençait à rêver la nuit. Quand elle parvint au jardin, elle ne put s'empêcher de se baisser et de ramasser un coquelicot au hasard, volant la concierge, volant la terre entière, volant la mort. Et elle tapa, trois coups, puis deux, puis trois, à la petite porte en bois où était fiché par quatre punaises le nom du locataire, monsieur Migond. Après un instant de silence, elle recommença, puis une troisième fois, sachant que c'était là le rite, mais néanmoins affolée qu'on ne lui ouvrît pas, et par un vieux réflexe, un très vieux réflexe d'avant-guerre, elle frappa plus nerveusement. La porte s'ouvrit d'un seul coup et elle fit un bond en arrière. Cet accueil violent était le fait d'un petit homme aux cheveux blancs et à besicles ; il lui fit une profonde révérence et se présenta comme étant monsieur Migond, le locataire des lieux, lui sourit et lui fit signe d'entrer de la main gauche. Elle passa le seuil et découvrit alors ceux qu'elle était venue sauver, en tout cas empêcher de mourir. Ils étaient huit, non ils étaient dix, non ils étaient douze : elle n'arrivait plus à les compter et son regard vacillait d'un groupe à l'autre. Ils étaient douze personnes silencieuses, ils étaient presque sans sexe, sans âge et sans visage, tant la peur, tant la volonté de survivre, tant l'angoisse et l'horreur les avaient laminés. C'étaient à la fois les plus terrifiants et les plus beaux visages qu'Alice avait jamais vus. Une seconde, elle faillit s'agenouiller et leur demander pardon, humblement, longuement, pour chacun de ses frères aryens, soi-disant aryens, pour chacun de ceux qui, en France, en Allemagne ou ailleurs les croyaient différents d'eux-mêmes. Un réflexe de timidité et d'amour-propre l'en empêcha, fort heureusement, car ils braquaient ou levaient vers elle des regards chargés d'une déférence et d'une confiance absolues.

« Me reconnaissez-vous? dit-elle. Je suis la femme de Jérôme. »

Elle s'entendit dire « la femme », s'étonna de ce réflexe bourgeois, se rendit compte aussitôt que c'était la seule manière de les rassurer un peu. Et que, même dans cette période où tout flanchait, où tout se détruisait, où tous les châteaux de cartes des lois sociales, des lois humaines, des sociétés, des tabous et des critères volaient en éclats, où le mot décence, où le mot vertu étaient des mots complètement passés, hors de saison et aussi utiles pour une femme que, pour un soldat, une pâquerette sur son casque, elle se rendit compte qu'il était quand même plus rassurant pour ces gens de penser qu'elle était la femme de Jérôme que sa maîtresse.

« Je ne savais pas que Jérôme s'était déjà marié, je suis tellement heureuse! Il en rêvait, savez-vous? Il m'a tellement parlé, tellement parlé de vous, Alice, à moi et à Jean-Pierre. » C'était une très jolie jeune femme qui montrait son mari, un grand homme maigre dont Alice se rappela que Jérôme lui avait parlé comme le meilleur architecte de la place de Paris.

« Mais où est monsieur Jérôme ? » dit une grosse femme en s'avançant brusquement vers elle et en tirant par la main, comme deux preuves de son importance, deux enfants en bas âge manifestement enrhumés si l'on en jugeait par l'état de leur visage. « Il m'a promis de sauver mes enfants ! Qu'il les sauve, eux ! Moi, ça m'est égal de mourir... ! » acheva-t-elle en se laissant tomber sur une chaise et en sanglotant, à la grande honte, semblait-il, de ses compagnons, de ses enfants et du maître de maison.

« Voyons, dit Alice d'un ton condescendant et autoritaire, supérieur, qui était à mille lieues de ses états d'âme, voyons, madame, nous avons dit quelque chose, nous sommes là pour le faire. Jérôme est sur une très grosse opération, et c'est moi qui suis chargée de m'occuper de vous. Nous avons donc changé les consignes pour être sûrs qu'il ne vous arrive rien. C'est un autre passeur que je vais aller chercher et vous présenter dans deux minutes, si vous êtes d'accord. Voilà. Tout va bien, maintenant ? Tout le monde est rassuré ? »

Elle souriait, elle souriait surtout à la jeune femme à laquelle Jérôme avait tant parlé d'elle, de leur possible mariage ; cet étrange Jérôme, si secret et là, par ce biais-là, si confiant, si plein d'espoir surtout. Elle ne s'imaginait pas mariée à Jérôme ni à qui que ce soit, d'ailleurs. C'était étrange. Que faisait-elle là, quelle était cette situation extravagante, que faisait-elle près de ce petit jardin avec ses coquelicots, avec cette femme qui lui parlait de Jerôme comme de son mari, avec ces femmes, ces enfants que des gens étranges voulaient tuer ? Quelle était cette folie ? Tout tournait dans sa tête, tout était trop extravagant, elle avait les genoux qui flanchaient. La jeune femme dut s'en apercevoir car elle lui présenta rapidement une chaise, lui appuya les deux mains sur les épaules :

« Vous devez être claquée ! dit-elle. Je suis Lydia Strauss. Jerôme a dû vous parler de nous.

— Bien sûr, bien sûr, dit Alice, mentant obstinément et fermant les yeux.

— Vous devez être morte de fatigue et nous sommes là à vous regarder sans même vous offrir quelque chose à boire ! » s'exclama le vieux monsieur Migond, désolé.

Il trotta vers une armoire-bahut d'où il tira une bouteille de vieux bordeaux, plus vieux que lui à en juger par la poussière qui la couvrait.

« Nous allons tous trinquer.

— Très bonne idée, dit Alice. Trinquons ! Vous savez, le plus dur est fait maintenant. Tout va être merveilleusement organisé, le principal c'est qu'on se soit retrouvés ici aujourd'hui », acheva-t-elle avant de s'incliner un peu en avant.

Elle avait même posé la tête sur la table dans un geste d'abandon complet : elle avait eu trop peur, elle s'en rendait compte, elle sentait tout son corps se liquéfier, elle sentait ses cheveux se détacher de son crâne, elle sentait sa peau entièrement arrachée de son corps par des mains invisibles, doucement elle sentait qu'elle allait s'évanouir là, à la seconde.

« Mon Dieu, dit Lydia, Jean-Pierre, aide-moi... »

Ils lui redressaient la tête, ils lui passaient de l'eau sur le front, la grosse femme lui tapait dans les mains et les enfants morveux la dévisageaient avec sympathie. Non, ils n'étaient pas spécialement plus beaux que les autres, ils n'étaient pas spécialement plus malins, ils n'étaient pas spécialement plus méchants, ils n'étaient pas spécialement rien, ils étaient comme elle, des gens comme elle, sauf qu'ils étaient, peut-être, moins ridicules et à l'évidence moins fortunés qu'elle ne l'était. Elle sourit, au hasard. Doucement, et à sa grande surprise, ils se mirent tous à rire, d'abord doucement, puis un peu plus fort, puis peut-être même un peu trop fort : puisque l'aimable monsieur Migond, lâchant sa bouteille et ses verres, se précipita au centre de la pièce, se mit sur la pointe des pieds et leva ses bras au-dessus de sa tête, des bras apaisants, comme un chef d'orchestre qui supplierait ses musiciens d'arrêter là leur concert.

Le temps resta détraqué toute la journée ; les averses et le soleil se succédaient si rapidement, les zones d'ombre et de lumière s'intercalaient tellement vite sur les trottoirs, que Paris tout entier semblait installé à l'ombre d'un zèbre. Où avait-il lu ça ? L'amour faisait de lui un bien pâle séducteur et un bien piètre poète.

Charles était officiellement à Paris pour faire rapatrier un de ses ingénieurs, prisonnier de guerre en

Allemagne. Il traîna de bureau en bureau un air bougon et irascible qui fit avancer ses démarches bien plus efficacement qu'à l'habitude, ce qui l'exaspéra lorsqu'il s'en rendit compte. S'il fallait à présent aboyer comme ces Teutons et claquer avec eux les talons pour travailler dans l'industrie, alors là Jérôme avait raison : il fallait bouter ces fiers-à-bras braillards hors de la douce France. D'ailleurs, quoi qu'il ait pu prétendre trois jours plus tôt, la présence de ces soldats, de ces plantons, de ces sentinelles égaillés un peu partout dans les rues, les guérites et les couloirs ministériels, lui était de moins en moins supportable. On ne s'y habituait pas, on s'y cognait de plus en plus les yeux, les nerfs et l'orgueil de surcroît. L'arrogance naturelle des Allemands humiliait moins Charles que leur courtoisie affectée. Il y avait quelque chose en eux en tout cas, que ce soit leur nature profonde ou tout bêtement leur uniforme, qui le faisait transpirer horriblement, lui, qui était un homme à peau sèche, et qui le faisait sortir exténué de leurs bureaux. Une simple histoire de rapatriement, de libération anticipée, ne justifiaient pas chez lui cet état physique. Il rentra furieux et exaspéré à l'hôtel. S'il continuait à se monter la tête, il finirait lui aussi par courir les pampas du Dauphiné avec son fusil de chasse et des garnements plus jeunes que lui. Ce serait bien vu à l'usine, et par les ouvriers et par les actionnaires !

Il était six heures et Alice était en retard, bien entendu, ronchonnait Charles, oubliant que si Alice avait donné rendez-vous à quelqu'un, en fait, c'était au concierge, et que cela l'autorisait à quelque retard.

A six heures et demie puis à sept heures moins le quart, Charles passa du reproche à l'inquiétude. Elle avait dú se livrer à quelque folie ; et malgré ses « amis », elle était peut-être en prison à l'heure actuelle livrée à quelque soldatesque ; et Charles, se rappelant le visage d'un planton spécialement glacial, fut pris d'une sorte de nausée froide qui le fit s'asseoir, tremblant sur son lit, comme une jeune fille. « Mais où est-elle ? se disait-il, mais qu'est-ce qui m'arrive ? enchaînait-il, mais où est-elle ? qu'est-ce qui m'arrive ? » et les deux questions se posaient à peu près avec la même cruauté. Il allumait une cigarette, la main tremblante, quand la porte de la chambre voisine s'ouvrit, se referma, et que le pas d'Alice en fit résonner le plancher. Alors Charles, aspirant une profonde bouffée, se laissa retomber en arrière sur l'oreiller tout frais, ferma les yeux, lâcha son allumette sur la descente de lit. Il ne se rappelait pas avoir éprouvé une telle peur de toute sa vie, ni un tel soulagement ; encore que celui-ci fût prématuré, car il n'avait obtenu de réponse qu'à une seule de ses deux questions : s'il savait à présent où était Alice, il ne savait toujours pas ce qui lui arrivait à lui.

Et maintenant il fumait en silence, indifférent à la présence d'Alice à côté, à ses projets, à son destin, à leur destin. Il était bien, las et serein comme un vieil homme, quoiqu'il n'ait envie que de revenir, ou plutôt d'être encore avec sa mère, dans la prairie derrière la maison et d'avoir dix ans. Sa vie, ensuite, n'avait été qu'une longue farce à tous égards ; et c'est avec une vague contrariété qu'il entendit frapper à sa porte. Il se leva, ouvrit, et retrouva le visage d'Alice, le regard d'Alice, et l'agrément d'être un homme et un adulte ; en même temps qu'un terrible sentiment d'impuissance, de révolte, à voir Alice entrer dans sa chambre et détruire ainsi, comme à chaque fois, les mille Alice élaborées en son absence par sa mémoire, son imagination et son désir, ces mille Alice rendues ainsi accessibles. Toutes ses Alice de plâtre devenaient falotes, ennuyeuses, devant la belle, la présente, la précise, la précieuse, la préhensible, l'imprévisible Alice. « Ah, celle-là, je me la ferai un jour ! » pensa-t-il brusquement dans un mouvement d'impatience et de trivialité fort rare chez lui, lui si peu porté à ce mépris jovial des femmes qu'il détestait tant chez les autres hommes. Mais il ne se le reprocha même pas, il était bien loin, déjà, il filait, il ne savait trop où, mais à toute vitesse.

« Vous allez bien, Charles ? »

La voix d'Alice était un peu troublée, inquiète. Et il lui sourit. Il sentait pourtant une crispation bizarre lui déformer le bas du visage dans un pli presque douloureux, très proche de la vilaine grimace qui est la même chez les adultes, les nourrissons ou les vieillards et qui précède les larmes.

Il s'était levé de son lit à son entrée, machinalement, mais il s'y rassit après lui avoir indiqué le fauteuil faussement Régence près de la cheminée. Il avait les deux pieds sur le parquet et les mains sur les genoux. Il avait l'air d'un écolier puni, en tout cas penaud.

Alice, dont la journée avait été finalement efficace, se sentit soudain toute indulgence. Elle lui sourit :

« Bonne journée, Charles ? Avez-vous des nouvelles de votre fameux ingénieur ?

— Oui, je crois que ça va marcher », dit-il d'un ton si sérieux et si confidentiel qu'ils ne purent ni l'un ni l'autre glisser sur le saugrenu de son intonation et qu'ils se regardèrent, embarrassés, au bord du rire pour Alice et de la confusion pour Charles.

« Eh bien, dit-elle, que se passe-t-il ?

— Rien », dit-il en se levant et en s'étirant machinalement, comme s'il eût été seul ; et comme s'il eût été seul, aussi, il ajouta : « Rien, sinon que j'ai compris que je pourrais être très malheureux à cause de vous. Et que ça n'avait pas d'importance... enfin que ça ne m'arrêterait pas.

— Comment, ça n'a pas d'importance ? » Alice riait, toute coquetterie déployée. « Comment ça ? Vous qui êtes si fait pour le bonheur ! Je détesterais vous voir malheureux.

— Prouvez-le », dit Charles sans insolence, avec douceur même.

Et il ouvrit la porte de la chambre, s'effaça pour la laisser passer. La minuterie s'éteignit avant qu'ils n'atteignent le palier de l'ascenseur. Dans la demi-obscurité, Alice se retourna vers Charles et étonnée, presque effrayée de le trouver si près d'elle, recula. Il ne réagit à ce geste de défense que par un sourire un peu triste d'homme garrotté qui, enfin, inquiéta Alice. Elle ne voulait pas d'un Charles perdant, ni malheureux. Cela lui faisait peur. Cela lui faisait de la peine, cela la décevait. Elle s'était habituée très vite, trop vite peut-être à se défendre contre Charles, à se défendre contre le charme de Charles, contre le désir qu'il avait pour elle. Cet adversaire une fois désarmé la déconcertait. Ah oui, elle se conduisait comme une fille, vraiment ! Ne devrait-elle pas être ravie de le voir raisonnable, enfin ? Et elle se rendit compte qu'elle n'avait jamais souhaité sa neutralité, que cette neutralité, même, lui déplairait souverainement. Ce petit-bourgeois si avide et si naturel, si désarmant et si ingénu dans son cynisme d'homme adulte, ce petit-bourgeois soucieux de son confort et de ses jeux, ce petit-bourgeois représentait pour elle, sur un terrain très exigu et sur lequel elle n'avait jamais joué jusque-là, celui du plaisir physique, eh oui, ce petit-bourgeois représentait pour elle l'aventure...

Les couloirs obscurs de cet hôtel de faux luxe avec son concierge obscène, avec ses chambres aux trop grands lits et avec ses gravures galantes d'un xviiie siè-cle venu tout droit du Bon Marché, la voiture décapo-table et les rocking-chairs bariolés de la terrasse de Formoy, tout ce décor qui évoquait une bourgeoisie réellement égrillarde et faussement poétique, tout ce décor la troublait. Et il la troublait plus que ceux qu'elle avait connus jusque-là, plus raffinés et plus naturels, de ce raffinement que seul beaucoup d'argent peut arracher au luxe et de ce naturel que seul beaucoup d'argent, aussi, peut arracher à la nature. Ce raffinement qui procure des couloirs de palace où l'on peut se croiser, un personnel invisible et discret, des moquettes plus épaisses que des lits, en même temps que des prés totalement déserts, des limousines refermées sur des passagers anonymes et des plages vierges ; en fait, s'il fallait déjà une grosse fortune pour intéresser le public, il en fallait une énorme pour s'en faire oublier. Elle n'était pas du même milieu que Charles et c'était bien la première fois qu'elle y pensait ; et c'était bien le moment, d'ailleurs, en pleine guerre et en plein dénuement, de s'en rendre compte. Elle n'y avait jamais songé à propos de Jérôme, mais c'était parce que Jérôme n'aimait pas les signes extérieurs — ni de son milieu ni des autres. Si elle s'était souciée un instant de ces choses-là, elle aurait pensé qu'elle pouvait emmener Jérôme partout et Charles peut-être pas... Et cependant, elle aimait la mèche de cheveux de Charles dans le vent, elle aimait sa fierté devant sa voiture, son contentement à lui offrir cet hôtel, et même sa vanité à porter son affreuse veste cintrée. Qu'importait que ce qu'il aimait fût de bon ou de mauvais goût, du moment qu'il l'aimait violemment... Et voilà qu'il était prêt à ne plus rien aimer et à souffrir par elle. C'était une erreur du destin... à moins que ce ne fût le manège roublard d'un séducteur. En tout cas, elle ne protesta pas longtemps, lorsque après un conciliabule hermétique avec son affreux complice de la réception, il lui annonça qu'ils allaient dîner aux violons. Elle accepta même d'aller chercher au fond de sa valise, refaite au passage, une robe du soir très décolletée comme les aimait Charles,

136

et de s'en revêtir ; pendant que lui-même, fou de joie et oublieux de son triste destin sentimental, se sanglait dans un smoking fait sur mesure par le meilleur tailleur de Valence.

CHAPITRE IX

L'Aiglon, rue de Berri, était, d'après le concierge de l'hôtel et la rumeur des gazettes parisiennes, la boîte de nuit à la mode. Un orchestre bien mené y jouait des rythmes variés et un merveilleux violoniste, qui ne se voulait qu'hongrois mais qu'on devinait tzigane, malgré ses dénégations obstinées et incompréhensibles, vous arrachait les larmes des yeux. Les célébrités du moment, des vedettes du cinéma, du théâtre, de la littérature, de la presse, s'y montraient régulièrement, comme pour y faire tamponner l'*ausweis* de leur vedettariat. Les officiers allemands les plus huppés y emmenaient leurs conquêtes françaises et, la musique adoucissant les mœurs, le Tout-Paris y passait de merveilleuses soirées. Il avait fallu, pour y trouver une place au dernier moment, une petite fortune mais Charles, déjà fort dépensier de nature, aurait donné sa chemise pour danser avec Alice, pour enfermer Alice deux minutes entre ses bras, pour sentir Alice debout contre lui, pour guider ses pas selon son rythme à lui, et accessoirement celui de l'orchestre. Il en rêvait.

Il en rêvait mais depuis qu'il avait vu Alice redescendre de sa chambre dans une robe du soir du même bleu-gris que ses yeux, le corps resserré dans un fourreau étroit d'où émergeaient nus une seule épaule et un seul bras, son rêve était devenu plus précis, beaucoup trop précis même ; il était la proie d'un désir animal, brutal, presque douloureux, qui le laissait stupide et que chaque mot, chaque geste, chaque regard d'Alice semblait redoubler. C'est un muet qui entra dans la boîte de nuit, qui, derrière le maître d'hôtel, suivit Alice à travers les tables. Les voix, les rires, la musique, les cristaux, les uniformes allemands, les smokings, les femmes n'étaient plus qu'un décor futile et bruyant, un décor abstrait installé n'importe comment autour de la seule chose réelle et tangible de cette soirée : Alice marchant devant lui, puis ensuite Alice assise devant lui, Alice qu'il lui faudrait peut-être bien, si elle ne lui cédait pas très vite, violer un de ces jours. Il ouvrit le menu en tremblant et lui montra un visage si défait, si pâle qu'elle s'inquiéta encore une fois.

« Etes-vous souffrant, Charles ? »

Mais comme il balbutiait de piètres excuses, elle l'oublia de nouveau, luttant elle aussi contre des malaises moins physiques mais tout aussi violents que les siens. Elle commençait à détester cet endroit, à en avoir peur. La table à côté de la leur, la table juste derrière Charles était occupée par deux officiers allemands, célibataires d'occasion et fort paisibles, en regard de leurs compatriotes. Ils parlaient un allemand assez raffiné, reconnut-elle, et comme elle levait légèrement la tête, elle vit qu'ils étaient tous les deux plutôt beaux, que leur regard n'exprimait ni arrogance ni mépris, et que, s'ils semblaient s'ennuyer, c'était quand même avec politesse. Le regard de Charles en revanche fuyait le sien obstinément depuis près d'une heure à présent, depuis qu'ils s'étaient changés, à dire vrai.

« Ma robe vous déplaît-elle à ce point ? » dit-elle en souriant, à demi sincère quand même, tant il y avait longtemps qu'elle ne se sentait plus désirable. Et comme le visage de Charles s'indignait de cette supposition, elle ajouta très vite :

« Vous ne me parlez plus depuis que j'ai mis cette robe, donc elle vous déplaît ?

— Elle me plaît trop, dit Charles avec brusquerie. Ecoutez, Alice, je me suis conduit comme un idiot, je le sais, je ne suis pas habitué aux femmes, enfin aux femmes telles que vous, ni à en être amoureux », ajouta-t-il en essayant de rire et en portant à ses lèvres un verre de vin blanc, le cinquième depuis dix minutes, et qui ne serait probablement pas plus efficace que les précédents.

« Mais vous avez déjà été amoureux, quand même ? dit Alice souriant elle aussi, avec effort à présent, car le regard de l'officier allemand venait de se poser sur elle et y restait.

— Oh oui, bien sûr, répondit Charles, je le crois du moins, mais cela ne me faisait pas peur.

— Parce que vous étiez sûr de parvenir à vos fins ? » demanda-t-elle. Il y avait une ironie triste dans sa voix qui navra Charles tout à coup. Elle le prenait vraiment pour un petit coq de village.

« Non, bien sûr, dit-il sèchement. Je n'étais pas sûr d'être aimé en retour. Qui peut l'être ? Mais j'étais sûr de pouvoir m'enfuir très vite.

— Et là, c'est moi qui m'enfuirais, c'est ça ? » dit Alice employant un conditionnel qu'il prit pour un futur très proche — elle le vit à son regard — et malgré elle, elle posa sa main sur la sienne.

« Je partirais, même si je vous aimais, Charles, je devrais partir, vous le savez.

— Ah non, dit Charles avec décision. Si vous m'aimiez aussi, vous ne partiriez pas. Je n'arrive pas à croire qu'une femme puisse préférer une idée à un homme ! Le contraire, si, parce que les hommes sont bêtes ; mais les femmes, non !

— Vous vous trompez », dit-elle, mais du bout des lèvres, car l'officier à côté s'était levé et se dirigeait vers leur table. Il s'arrêta devant eux et se plia en deux.

« Puis-je demander cette danse ? » dit-il avec un léger accent et sur un ton parfaitement courtois.

Charles le regarda avec stupeur. C'était vrai, l'orchestre jouait et les gens dansaient et lui ne s'en était même pas rendu compte ; il se leva à son tour :

« Madame est avec moi », dit-il d'une voix brève.

L'officier se retourna vers lui, le dévisagea. C'était un bel homme, blond, à l'air triste mais arrogant quand même, et l'envie de se battre envahit Charles et lui rendit un instant l'usage de ses cinq sens. Il y eut un silence pendant lequel Alice pâlit jusqu'à la syncope.

« Si madame est avec vous, répéta l'officier, c'est

très bien. Je voulais voir si vous la méritiez. Vos compatriotes, parfois, nous prêtent leur compagne ; mille pardons, madame », dit-il en s'inclinant devant Alice et il fit demi-tour.

Charles se rassit, surpris et vaguement déçu. Il jeta un coup d'œil à Alice qui rosissait de nouveau et qui lui rendit son regard en souriant.

« Il a parfaitement raison, dit-il, dansons. Je ne vous avais même pas invitée. »

Depuis qu'il était en âge de gambader sur les pistes, Charles Sambrat était considéré sinon comme un fin danseur, du moins comme un agréable cavalier. Il débordait d'entrain, si ce n'est de grâce, et de vigueur, si ce n'est de technique ; il évitait les chocs, il ne composait pas des pas compliqués, il dansait très évidemment en pensant au confort et au plaisir de sa partenaire et non à l'admiration de la foule. Mais Alice risquait fort d'ignorer cette réputation, et encore moins d'y souscrire. Il trébucha en la prenant contre lui et s'obstina ensuite à la garder à distance, à bout de bras, l'air guindé et misérable. Il respirait avec la bouche, difficilement, et il sillonnait la piste comme un vieux laboureur, de gauche à droite, du centre au bord, inlassablement, plus ou moins rapidement selon le tempo de l'orchestre. Alice avait bien tenté au premier tango d'esquisser une figure supposée argentine, elle s'était même renversée légèrement en arrière, souplement, sur le bras de Charles, mais elle l'avait vu, avec stupeur puis panique, se pencher sur elle, fasciné, s'incliner en même temps qu'elle, et elle n'avait pu éviter leur chute mutuelle que par un coup de rein miraculeux. Depuis, elle avait renoncé et parcourait avec docilité, en diagonale, la même distance que son cavalier.

Ils avaient dû environ faire ainsi cinq ou six bons kilomètres, jugeait-elle, tout en envoyant des petits sourires d'excuse aux couples molestés par Charles qui, visiblement, ne supportait pas le moindre obstacle à sa trajectoire. Cette marche forcée finissant par l'ennuyer sérieusement, Alice leva la tête vers Charles : il sifflotait, de son côté, la mélodie de *Cerisiers roses et pommiers blancs*, alors que les violons de l'orchestre, tout frémissants, attaquaient pour la dixième fois peut-être *Je suis seul ce soir*. Pour attirer l'attention de ce sourd-muet frénétique, elle crispa ses mains sur ses manches, croisa ses escarpins sur la piste, et Charles lui jeta un regard égaré, freina lentement et s'arrêta sur son aire, au beau milieu de la piste (d'où quelques couples, d'ores et déjà bousculés par lui — et visiblement hostiles —, leur jetèrent de sales coups d'œil).

« Que disiez-vous ? demanda Charles, je n'ai pas entendu.

— Je disais — Alice criait pour couvrir l'orchestre déchaîné — que si l'une de vos arabesques nous séparait, nous nous retrouverions à notre table, non ? Qu'en pensez-vous ? »

Il hocha la tête gravement. Il n'entendait pas ce que lui disait Alice. Depuis maintenant près d'une demi-

143

heure, il essayait de lui cacher la ridicule et inopportune excitation de son corps indocile, de dissimuler cet état de lycéen frustré à cette femme délicate. Il se sentait obscène et ridicule. Décidément, cette soirée, comme le reste du séjour, serait une catastrophe.

Il avait jusque-là regardé soigneusement tous les murs de la boîte, il hésitait à baisser les yeux vers ce visage tranquille, confiant, levé vers lui. Il lui jeta un vif coup d'œil, comme un cheval épouvanté, puis reporta son regard, avec un sourire niais et enthousiaste, sur l'orchestre.

« Je ne comprends pas, balbutia-t-il, vous n'aimez pas mes arabesques ? Elles sont peut-être démodées ? »

L'éclat de rire d'Alice l'étonna visiblement. Elle avait explosé littéralement, et maintenant, secouée par des sursauts, la tête appuyée sur sa poitrine, elle hoquetait :

« Je plaisantais, je plaisantais. Des arabesques ? Mon Dieu, je plaisantais, Charles ! Quelles arabesques ?... Nous marchons ouest-est, nord-sud depuis un quart d'heure !... Je vous jure que c'était purement ironique. Mais quelles arabesques, mon Dieu ? »

Elle riait tant et si bien que Charles, tout à coup, se détendit à son tour, pris d'un autre rire à la fois nerveux et soulagé et, sans se consulter, ils regagnèrent leur table et se laissèrent tomber sur leur chaise. Ils ne savaient pas trop bien de quoi riait l'autre, mais ils riaient d'eux-mêmes, de ces deux jours manqués et odieux pour chacun. Ils riaient de se retrouver ensemble et Charles riait surtout de se retrouver lui-même, lui Sambrat, l'homme heureux. Il en voulait en fait au Sambrat terrifié et humilié pour rien qu'il avait été. Comme il en eût voulu à un parfait inconnu. Encore que s'ajoutât à sa rancune une sorte d'effroi. Toute sa lucidité actuelle n'empêcherait pas — n'importe quand, n'importe comment, n'importe où — son sosie ridicule et apeuré de revenir, de resurgir et d'usurper sa place.

En attendant, de l'autre côté de la table, Alice riait comme une enfant. Une enfant désirable, bien sûr, mais quand même une enfant et que, comme une enfant, il lui fallait épater. Et, bizarrement, sa virilité enfin oubliée, Charles se sentait de nouveau un homme. Il but, il dansa, il chanta, il effleura l'épaule, la joue, les cheveux d'Alice. Il flirta, bref, avec toutes les techniques et tout l'enthousiasme imaginables, son passé, son présent se liguant pour lui donner des conseils. Et Alice s'amusait en même temps que lui. Alice était un petit peu ivre. Alice s'appuyait sur lui en dansant, Alice avait les yeux dilatés et la bouche légèrement gonflée par l'alcool. Alice serait bientôt à lui, ce soir ou un autre soir, s'il ne retombait pas dans ses fantasmes ridicules et passionnels, s'il n'oubliait pas qu'elle était une femme comme les autres et à laquelle, de plus, il ne déplaisait pas trop, semblait-il, depuis quarante-huit heures.

L'orchestre entama, pour finir, quelques-uns de ces vieux airs des années 30 : les airs de leur adolescence et de leurs premières amours, des airs vieux de dix ans bientôt, des airs qui leur procurèrent quelques nostalgies : de ces nostalgies anonymes et imprécises que seul laisse passer le présent heureux, de ces nostalgies où l'on reproche moins au passé d'être si éloigné qu'au présent d'avoir été si tardif. De ces nostalgies où l'on croit voir sa jeunesse danser, quelque part, heureuse et triste à la fois, solitaire, privée de ce cavalier qui est maintenant là, mais qui a eu le tort de ne pas partager avec vous cette jeunesse. De ces nostalgies sentimentales et injustes, tellement égoïstes qu'elles vous font dire à l'être présent — et sans aucun cynisme — cette phrase qui, dans sa banalité, est quand même le comble de la mauvaise foi : « Pourquoi n'étais-tu pas là, toi ? » Phrase par laquelle on reproche à son nouvel amant les plaisirs et les bonheurs que l'on eut jadis avec un autre ; comme s'il y avait eu là, en somme, une carence de sa part et non pas plutôt une erreur de la nôtre ; et comme si, dans sa jalousie rétrospective, il ne pouvait s'en prendre qu'à son retard à lui et non à notre propre hâte. Mauvaise foi et cynisme bien inconscients et d'ailleurs, bien naturels : On ne se rappelle pas avoir eu faim, ni avoir cherché, dès l'instant qu'on a trouvé et qu'on a été rassasié. On se souvient de soi comme d'un gibier distrait, solitaire, qui, plus ou moins de son gré, a été traqué et pris par un autre. On ne se souvient jamais d'avoir été, aussi, le chasseur. Et l'on oublie que si l'on compare la chasse à l'amour, il y a souvent un moment où le rôle du gibier et celui du chasseur s'intervertissent et, généralement, pour le plus grand plaisir des deux parties.

CHAPITRE X

Pour cause de couvre-feu, le cabaret ferma à minuit, moins le quart et, l'hôtel n'étant pas loin, Alice et Charles décidèrent de rentrer à pied. La nuit était bleu clair autour d'eux, bleu foncé plus loin et, sur les Champs-Elysées, tous les immeubles fermés étaient gris foncé et comme surpris de voir passer ces deux piétons joyeux et solitaires. Les avenues étaient désertes, il régnait une odeur de campagne autour d'eux, car il y avait eu des averses et des bourrasques sur Paris pendant qu'ils dansaient et c'était une ville fraîche, neuve et luisante qu'ils parcouraient à présent. Le vent avait même dû être furieux, car les marronniers avaient laissé échapper leurs jeunes feuilles qui, à présent étalées, plaquées sur les trottoirs mouillés, tournaient vers le ciel un vert tendre indigné.

Alice avait pris le bras de Charles très naturellement, et ils marchaient du même pas, comme un vieux couple, dans cette ville vide. Paris leur appartenait, les Champs-Elysées descendaient tout doucement vers leur hôtel. Ils glissaient dans la ville, les pieds fatigués par trop de danse, la voix par trop de rires et les oreilles par trop de musique, sans oublier leurs yeux et leurs lèvres fatigués par trop de fumée et de mauvais cognac. Ils se remémoraient à voix haute, en riant, l'arrogance de certains occupants, l'obséquiosité de certains maîtres d'hôtel, l'excitation, la gêne de certaines femmes et le parfait naturel, la désinvolture de certaines autres. Mis à part l'invitation saugrenue de cet officier, Charles trouvait ces Allemands relativement corrects, alors qu'Alice n'avait trouvé de correct, finalement, que cet officier. Mais elle se refusait à en discuter : elle ne se rappelait pas s'être autant amusée, s'être sentie aussi jeune, aussi gaie, depuis des années. C'était à l'alcool, bien sûr, et à la bonne humeur retrouvée de Charles, de cet inconnu sans arrière-pensée et sans souci qu'elle le devait, mais aucun alcool — lui semblait-il — ni aucun Charles n'aurait eu le même succès encore un an auparavant. Elle guérissait, elle guérissait à vue d'œil, elle se tirerait d'affaire ! Ou, peut-être, était-ce la bonne conscience, ce risque qu'elle avait pris dans cet endroit sinistre, cette minute de terreur devant cette porte close, sa première action, son premier effort, le premier qu'elle faisait enfin pour quelqu'un d'autre qu'elle-même, pour quelque chose d'autre que ce magma angoissé et envahissant qu'était devenu son propre esprit, depuis des siècles, des siècles déjà.

Quelle horreur ! Comment avait-elle pu se supporter si longtemps ? Comment qui que ce soit d'autre avait-il pu la supporter, comment Jérôme avait-il pu l'aimer, même pousser le masochisme jusqu'à l'aimer ?

Et elle se haïssait d'appeler masochisme ou excentricité cette immense tendresse, cette infinie patience, ce qu'elle savait être un merveilleux amour ; comme elle s'était méprisée vaguement tout à l'heure de danser avec tant d'entrain le charleston alors qu'elle savait que Tolpin, Faroux et Dax étaient morts. C'étaient les trois meilleurs auxiliaires de Jérôme, mais ce n'étaient pour elle que des visages entr'aperçus, des silhouettes, de ces hommes au visage blanc et gris qui étaient devenus les seuls amis de Jérôme. Des hommes qui étaient maintenant fusillés. Comment allait-elle annoncer cela à Jérôme ? Du moins pour une fois, aurait-elle pu être, elle aussi, parmi eux ; mais qu'elle se sente moins coupable ne rendait pas leur perte, leur capture, moins affreuse pour Jérôme. Il ne fallait quand même pas qu'elle confonde ses petites euphories ou ses petites dépressions avec les destinées de son pays et la liberté de ce sol, ce que pourtant elle était en train de faire malgré elle. Après la plaintive Alice, elle allait devenir la ridicule Alice. Ah ! si seulement elle pouvait s'arrêter un instant de penser à elle, toujours à elle ! Si elle pouvait cesser ce nombrilisme geignard ! Si elle pouvait... Elle fit un effort pour écouter Charles. Que disait-il ?

« Si, par un hasard miraculeux, nous nous en tirions, disait sa voix à côté d'elle, je vous emmènerais boire et danser là-bas, mais avec du vrai champagne. Seulement je serais étonné qu'on en réchappe...

— Mais pourquoi vous ? » dit Alice subitement choquée, horrifiée même, par le ton funèbre et convaincu de Charles. Comment cet optimiste qui, en plus, ne se mêlait pas de cette guerre, pouvait-il leur prévoir des destins si brefs ?

« Pourquoi ? dit-il. Mais parce que je ne suis qu'un homme, qu'un être humain — comme vous le savez, dit-il en riant — et je ne vois guère qu'un dromadaire pour résister à tout ça. »

Elle lui jeta un coup d'œil stupéfait qui sembla l'étonner aussi.

« Mais de quoi parlez-vous ? » demanda-t-elle d'une voix chevrotante, effrayée, la voix d'une vieille femme. Une voix sénile et désespérément accrochée à la vie tout à coup.

« Mais je vous parle de ce liquide infâme qu'ils nous ont servi sous le nom de cognac, dit Charles. Nous avons presque bu la bouteille à nous deux, vous ne vous en êtes pas rendu compte ? »

Et le soulagement d'Alice devait être bien évident, puisqu'il la reprit par le bras et qu'il l'entraîna sans rien ajouter d'autre, sinon un « Ah, bon ! » lancé d'une voix compatissante, à peine amusée et qui manqua jeter Alice, les larmes aux yeux, dans ses bras. Qui manqua lui faire dire à Charles « j'ai eu si peur ; et j'ai peur, j'ai très peur », comme une héroïne de feuilleton. Et Alice s'étonna ingénument de découvrir en elle, aussitôt après un possible plaisir à vivre, une possible répulsion à perdre cette vie.

C'est à l'angle de la Concorde et de la rue Royale que l'incident eut lieu. En un instant, le silence et l'obscurité de la ville devinrent autant de leurres. Comme sur l'immense plateau d'un metteur en scène devenu fou furieux, les spots illuminèrent des figurants anonymes ; des camions hurlants tous freins bloqués frôlèrent l'obélisque, des coups de feu incongrus à toute heure sifflèrent vers la Seine et transformèrent cette paisible et bucolique cité — depuis deux ans rendue aux fiacres et aux piétons, à la lenteur de 1900 —, la transformèrent en une capitale moderne, en guerre, en danger. Charles tenait Alice par le poignet. Il regardait, ébahi, un camion et ses phares aveuglants rouler vers eux. Il eut tout juste le réflexe de s'interposer au dernier instant entre Alice et les phares. Deux soldats en uniforme vert-gris, l'air buté, absent, en descendirent, l'arme braquée sur eux. Des coups de sifflet violents, dans leur dos à présent, les firent se retourner : une autre patrouille arrivait « en braillant aussi comme des crétins » jugea Charles, l'arme braquée non pas sur eux cette fois, mais sur une silhouette sans âge et sans couleur dont ils ne virent qu'ensuite le visage sanguinolent et les bras liés derrière le dos. Cet inconnu tanguait d'un soldat à l'autre, chacun d'eux le repoussait violemment avec des rires et des sortes d'aboiements satisfaits, comme des chiens dans une chasse à courre. Une poussée plus brutale le fit trébucher et tomber devant deux officiers immobiles, ce qui figea la meute au garde-à-vous. Alice avait baissé les yeux, elle était pâle, elle serrait la main de Charles dans la sienne, elle semblait écouter quelque chose venu de loin, quelque chose de bien plus effrayant que tout ce qui se passait devant elle, quelque chose qu'elle connaissait déjà depuis longtemps, en tout cas.

« Papiers, schnell, disait l'officier. Vous aviez rendez-vous avec cet homme-là hein, nein ? Vous terroristes ? Montez là, schnell, schnell...

— Mais non, mais non, nous venons de danser, dit Charles agacé, nous sortons de *L'Aiglon* ! Téléphonez là-bas, on vous le dira. On rentre à l'hôtel, rue de Rivoli. Voilà mes papiers.

— Montez, schnell, schnell, montez, schnell », hurlait le blond tout à coup mauvais. Il venait juste de découvrir Alice, jusque-là dissimulée par Charles et l'obscurité, et la vue de cette jeune femme, de sa beauté, de son indifférence apparente, semblait le mettre hors de lui. Et comme Charles hésitait et consultait Alice du regard — comme s'il y avait eu un choix à faire —, l'officier fit un mouvement du menton qui jeta ses sbires vers eux. Ils prirent Charles aux coudes et, comme il se débattait, le jetèrent aux pieds d'Alice ; en même temps que l'inconnu, ce fameux terroriste, qui en effet l'était devenu aux yeux de Charles : cet inconnu qui avait tout détruit, tout, y compris l'entente amusée, l'attirance presque avouée d'Alice pour Charles — et l'espoir, encore plus fragile, que ce dernier avait eu de passer la nuit avec elle, dans le lit tout blanc de leur hôtel, leur fenêtre ouverte sur les marronniers des Tuileries et sur l'aube qui se lèverait à gauche, vers le pont de Tolbiac ; l'aube de leur première nuit blanche, l'aube qu'ils regarderaient ensemble, appuyés au balcon, grelottants, fatigués et détendus, se promettant mille autres aubes semblables. Voilà ce que ce pauvre garçon avait involontairement saccagé, lui et ces brutes à croix gammée.

Le camion sentait l'essence, le chiffon mouillé, la vomissure. Il empestait la peur, en fait, odeur que Charles reconnut aussitôt et qui était celle de la ferme où lui et son détachement s'étaient réfugiés après avoir stupidement provoqué ce blindé, l'odeur de la ferme où Lechat était mort. Mais leur trajet fut court.

La caserne de la place Saint-Augustin était un monument hideux mais solennel, où, même à cette heure tardive, on ne voyait dans les couloirs que des joues bien rasées, on n'entendait claquer que des bottes bien cirées. Ils traversèrent des couloirs et des couloirs, des halls, des escaliers, toujours entourés de ces aboyeurs singulièrement hérissés d'armes qui finirent par les précipiter dans une pièce blanche où un bureau attendait sous le portrait de Hitler. Un soldat leur désigna des chaises et ils s'assirent au bord, tandis que le terroriste était jeté à terre, puis traîné par les pieds vers une autre pièce. Ils le virent passer, défiguré par les coups, les vêtements en loques, tenant son thorax entre ses bras avec l'air de souffrir. Charles lui offrit une cigarette au passage et l'autre tenta de la prendre en essayant de sourire, mais d'un sourire que sa mâchoire visiblement lui interdisait.

« Vous souffrez ? » demanda Alice. Le planton hurla en allemand et elle haussa les épaules. D'ailleurs l'officier rentrait à présent, accompagné d'un gradé —

un capitaine — plus âgé, plus calme, plus inquiétant aussi. Il regarda les deux hommes sous le nez, comme du bétail. Il fit en revanche un baisemain ironique et désuet à Alice.

« Alors, dit-il en s'asseyant derrière le bureau, on se déguise en homme du monde, en fêtard, en mondain, pour rejoindre ses amis terroristes ? »

Ce discours s'adressait à Charles. « C'est cela, n'est-ce pas, les Champs-Elysées la nuit ? Vos papiers sont excellents, mes compliments. Vous fabriquez aussi des chaussures en carton, je crois ? demanda-t-il brusquement.

— Depuis votre arrivée, oui, en effet », dit Charles qui haïssait ce type petit à petit, et qui en avait assez de rester calme malgré les prières muettes d'Alice. De toute manière leur nuit était fichue ; autant s'amuser un peu aux dépens de ces lourdauds.

« Vous êtes déjà mariée, madame ?

— Oui.

— Oui, mein capitaine », dit l'homme d'une voix douce. Car il était très doux, trop doux, sa voix, ses gestes, son œil étaient trop doux.

« Mais pas avec ce monsieur ? Ni celui qui est parti, dit-il en montrant Charles et la trace sanglante du terroriste sur le sol.

— Non, dit-elle.

— Non, mein capitaine. Ça n'empêche rien, n'est-ce pas ? dit l'homme, en allumant une cigarette. Vous sortez avec ce monsieur-là ; et votre mari est content quand même ? Ou pas renseigné ?

— Je suis divorcée, dit Alice avec froideur, et mon mari vit aux U.S.A..., mein capitaine.

— Pourquoi avez-vous épousé un Américain alors qu'il y a tellement d'Européens prêts à vous adorer ici, non ? N'est-ce pas monsieur... monsieur Sambrat, dit-il en feuilletant la carte d'identité de Charles qui respirait à petits coups pour se calmer. Moi-même, dit l'officier, je voudrais bien... et tout le monde ici, voudrait bien épouser vous, aussi, hein ? Alors pourquoi avez-vous épousé un Américain ? »

« Mais que me veut donc cet ivrogne entêté avec ses phrases alambiquées ? » se disait Alice à bout de forces et d'émotions tout à coup. Elle ne pensait plus au réseau ni au très peu qu'elle en savait, ni à la nécessité de rester en plein jour l'Alice Fayatt dont répondraient quelques salons parisiens et quelques puissants snobs, insoupçonnables de révolte et de courage, mais certifiés soucieux de frivolités et donc, d'ordre, en ce monde-là. Elle était épuisée et l'idée qu'elle aurait pu être en ce moment même allongée près de Charles, dans le grand lit ridicule et tarabiscoté de l'hôtel, la traversa comme une absurdité. Elle lui jeta un regard, le vit contracté, tendu, l'œil sombre, et le trouva beau.

« Mon mari n'était pas américain, mais autrichien, dit-elle d'une voix lasse.

— Alors cet Autrichien laisse une jolie femme, comme vous, toute seule à Vienne, avec ses valses ? C'est pour ça, le divorce ? »

Il riait, mais sans gaieté ; et sa plaisanterie semblait

être aussi pénible à dire qu'à entendre. C'est presque par charité qu'Alice lui répondit :

« Mon mari était autrichien, mais il était juif, aussi. Vous voyez, mein capitaine ? »

Il y eut un silence un peu plus long que les précédents. Le capitaine semblait reprendre peu à peu sa respiration.

« Certificat d'aryenne », dit-il d'une voix sèche de fonctionnaire et non plus de plaisantin. Alice, le visage détendu tout à coup, ouvrit son sac à main, en tira un long papier tamponné, timbré, et le tendit au soldat debout près d'elle.

L'officier le lut attentivement, sans lever une seule fois les yeux vers Alice, et c'est aussi de dos qu'il lui jeta en posant le papier sur son bureau :

« J'espère que maintenant vous préférez les aryens ? ou bien ça vous manque, cette petite cicatrice, cette petite différence des hommes juifs ? Non ? C'est pour ça que vous les aimiez ? Ou vous préfériez leur argent ? Ça, ce qu'il y a dans les poches des pantalons, c'est toujours pareil pour les femmes, hein ? Achtung », hurla-t-il pendant que Charles s'élançait de sa chaise, passait par-dessus le bureau et le prenait à la gorge.

Ce fut un beau pugilat où Charles eut le dessous, bien sûr, mais seulement au bout de quelques instants. Alice avait caché son visage dans ses mains au premier coup qu'elle avait vu Charles attraper et ne les ôta que lorsque le souffle haletant des hommes, le martèlement des coups sur un corps inerte eurent cessé. Charles était en travers de sa chaise, la tête en arrière, les cheveux hirsutes; il respirait bruyamment, il gémissait un peu et un filet de sang lui coulait vers la tempe, poissait ses cheveux si brillants d'ordinaire, si propres, si lisses; et ce dommage insignifiant infligé à son esthétique indigna curieusement plus Alice que sa grimace de souffrance, que son râle. « Tout à l'heure, à l'hôtel, je lui laverai la tête, pensait-elle obstinément, le concierge me donnera bien de l'eau chaude, puisque celle du robinet est trop tiède et je lui ferai un vrai shampooing. »

Les deux soldats, eux aussi décoiffés par la bagarre, et dont l'un arborait déjà un œil vert-bleu, tenaient Charles aux épaules. Ils resserrèrent leur étreinte quand Charles rouvrit les yeux. Il vit Alice en reprenant conscience et machinalement lui sourit, avant d'apercevoir le gradé derrière son bureau et de se renfrogner comme un collégien. Il y avait quelque chose de burlesque dans cette scène, songeait Alice, quelque chose d'irréel aussi.

« Alors, dit le capitaine en s'approchant de Charles, on n'aime pas la plaisanterie? On est juif aussi peut-être? On va voir ça. »

Et il fit un geste vers le troisième soldat qui se mit à rire, s'approcha de Charles et, malgré ses ruades et ses insultes, commença à tirer les jambes de son pantalon. Alice détournait la tête : les cris de fureur de Charles lui soulevaient le cœur et la désespéraient.

« Regardez, madame, et comparez avec votre mari maintenant », dit le capitaine, et comme elle ne bougeait pas, il ajouta : « Il restera comme ça jusqu'à demain matin, si vous préférez... »

157

Alors, elle se tourna vers Charles. Il était debout, demi-nu, son pantalon tassé sur ses chevilles, sa chemise et sa veste de smoking tirées en arrière par les soldats. Elle vit ses paupières baissées et son visage humilié, honteux. Alors elle l'appela par son prénom, avec dans la voix, toute la séduction dont elle se sentait capable. Quand elle eut croisé ses yeux fuyants, elle baissa les siens délibérément vers le bas de son corps, et ne les releva que très lentement. Et c'est avec un petit hochement de tête approbateur, un regard rempli de la considération la plus crue, qu'elle lança à Charles un sourire radieux, ravi, débordant des promesses les plus précises, un sourire, enfin, qui laissa Charles tout aussi rouge et stupéfait que ses geôliers.

Ils ne sortirent qu'à l'aube, trois heures plus tard, le temps que la puissante Mme B... répondît de la mondaine Mme Alice Fayatt, et que l'attaché de cabinet Sambrat, de Vichy, répondît de son neveu, l'industriel Charles Sambrat. En sortant de la caserne Saint-Augustin, ils tombèrent par miracle sur un fiacre qui les chargea et les emmena jusqu'à la rue de Rivoli.

CHAPITRE XI

Charles n'avait pas dit un mot pendant le trajet de retour. Il tenait la main d'Alice dans la sienne et il sifflotait *Cerisiers roses et pommiers blancs* sur un tempo lugubre comme cinq heures plus tôt. Cinq heures ! Il n'y avait que cinq heures que tout cela s'était passé ; Alice était abasourdie, mais néanmoins assez lucide pour retenir Charles par la main devant sa chambre, pour le faire entrer derrière elle et pour se serrer contre lui dans le noir, en lui disant « dormons, s'il vous plaît », d'une voix tendre mais impérieuse. Assez impérieuse pour qu'il puisse lui obéir tout d'abord, ce qu'il fit malgré lui pendant une heure. Mais assez tendre aussi, pour qu'il puisse aussi lui désobéir dès que son corps eut repris confiance en lui-même.

L'aube s'était depuis longtemps déjà retournée dans les draps blanc bleuté du ciel ; et c'est en plein jour qu'il la réveilla ou qu'elle fit semblant de se réveiller, qu'elle ouvrit les yeux sur ceux de Charles redevenus émerveillés. Il restait allongé sur elle, l'interrogeait du regard : ses yeux gris-bleu dans la pénombre, ses yeux désarmés, effrayés mais consentants, ses yeux vulnérables à tout, y compris au plaisir, le voyaient, l'avaient vu, lui Charles, l'avaient vu et accepté. Il savait à présent qu'il l'amènerait un jour au plaisir, il le savait et il en souriait de bonheur, il en jubilait à l'avance. Charles aimait trop les femmes pour céder à la vanité sur un certain plan ; il n'avait jamais imaginé pouvoir combler Alice, ni d'ailleurs toute autre femme un peu subtile dès la première fois. Il avait surtout craint de devoir aimer Alice sans jamais pouvoir partager « cela » avec elle et sans pouvoir lui en parler. L'avant-guerre avait beaucoup libéré les mœurs ; et s'il était devenu moins scandaleux, pour une femme, de se donner à un homme de passage comme Alice à lui-même, il était resté interdit de discuter du plaisir « après », sinon avec emphase ou crudité, deux styles qu'il détestait également. Quant aux échecs, aux semi-échecs, ils n'étaient ni reconnus ni encore moins commentés.

Mais Charles savait déjà qu'Alice, si elle ne l'aimait peut-être pas encore pour « cela », Alice, en tout cas, aimait l'amour. Une bouffée de jalousie arrêta un instant son bonheur de conquérant, son bonheur fou, et l'assombrit. Qui avant lui, qui... ? En tout cas, se rassura-t-il férocement, en tout cas ce n'était pas Jérôme qui l'avait fait jouir. Il y avait du mépris et de la méchanceté dans cette pensée, mais l'idée qu'elle ait pu gémir sous les caresses de Jérôme lui paraissait aussi grotesque, odieuse, qu'improbable. Les hommes répugnaient à Charles, on l'a déjà dit, Jérôme le

160

premier ; ce Jérôme qu'il connaissait depuis l'enfance, qu'il connaissait trop bien, avec son côté osseux, son grand corps et son pelage de blond. Et tous les succès que son ami avait pu avoir, moins nombreux bien sûr, mais plus flatteurs souvent, que les siens, n'avaient pu le convaincre du contraire. Alice et Jérôme ensemble étaient pour lui inimaginables. Comme Alice et n'importe qui, d'ailleurs, auraient dû l'être mais là, hélas, ce n'était plus à l'inimaginable qu'il se heurtait, mais au vécu. Dès aujourd'hui, tout ce qu'impliquaient la beauté et la séduction d'Alice, tout ce qu'impliquait en plus son aptitude au plaisir, tout ce qu'il savait déjà, tout ce qu'il venait de découvrir lui tournait la tête de fureur et de trouble.

Quant à Alice, elle admit, dès cette première nuit, qu'autant elle ne supporterait pas de faire le malheur de Charles — pas plus que celui de Jérôme —, autant elle supporterait, au contraire, de faire son bonheur. Et même mieux.

Vers midi, il découvrit le visage endormi d'Alice tourné vers lui. Et sa surprise, aussitôt, céda sous une bourrasque de bonheur. Une explosion d'adrénaline et de félicité se produisit à la hauteur de son cœur, fit gicler dans ses artères, dans ses veines, fit cogner à ses tempes, à ses poignets, à son cou, son propre sang — si fluide, si léger ce matin et pourtant si épais et si indocile la veille, à *L'Aiglon*.

Allongé sur le dos, les yeux ouverts, Charles comptait et recomptait les moulures du plafond et arrivait au même résultat incertain que la veille (un siècle plus tôt), quand du fond de son malheur, de ce triste après-midi, il s'était livré à ces additions machinales. Là, il souriait à ce plafond redevenu subitement bienveillant, à ce plafond qui ressemblait de nouveau, enfin, à son destin. Il serait retombé dans son sommeil heureux si Alice, qui en émergeait et battait des paupières sur son épaule nue, ne l'en avait soudain dissuadé. Elle se dressa d'un coup, s'assit dans le lit et lui jeta un regard si effaré que Charles, bien qu'aussi inquiet, ne put s'empêcher de rire :

« Eh oui ! dit-il sans trop oser la regarder. Eh oui, nous sommes dans le même lit. » Il avait choisi ce « nous » des plus neutres au dernier moment, au lieu du « *vous* êtes dans mon lit » ou de « *je* suis dans votre lit », deux formules également inopportunes, pour ce constat inutile. Elle ne dit rien, un long moment, et Charles s'affola : le voyait-elle avec stupeur ? Etait-elle à ce point ivre la veille ? Lui en voulait-elle à mort ? La dégoûtait-il ? Se dégoûtait-elle ? Avait-il fait quelque chose d'abominable ? Toutes ces questions s'agitèrent dans son esprit, avant que la masse soyeuse et tiède des cheveux d'Alice ne se déposât sur son propre visage, doux rideau inattendu qui, paradoxalement, annonçait en se baissant une suite, un deuxième acte à leur histoire. Il referma les mains sur le dos d'Alice.

Plus tard, dans un de ces moments de tranquillité morale qui accompagnent la satiété physique, où l'on se sent le plus proche de l'autre mais aussi le plus libre, dans un de ces moments — si rares — où l'esprit semble partager la sagesse et l'intuition à long terme du corps, et où l'on peut toucher justement le corps aimé sans trouble, sans dévotion et sans déchirement — avec au contraire une étrange sympathie, Charles eut le courage — ou le naturel — de raconter à Alice sa terreur toute récente. « J'ai pensé que j'aurais dû filer après, dit-il, dans ma chambre ; que je n'aurais pas dû rester là à m'imposer, à t'imposer mes envies et ma présence. »

Il lui parlait nonchalamment, tournant et retournant entre les siens l'avant-bras et la main d'Alice, en pliant les articulations, en observant les jeux de muscles, le dessin des veines, tout à la félicité de cette objectivité subite et qu'il croyait bel et bien acquise. Alice ne bronchait pas. Elle regardait elle-même son propre poignet, plié au bout de son bras, comme un objet étranger.

« Tu as eu tort, dit-elle : vouloir, désirer, oser, ce n'est pas honteux. C'est " ne plus " avoir envie, de " ne plus " oser, de " ne plus " vouloir, qui est honteux. Les excès ne sont pas horribles ; ce sont les insuffisances qui le sont. " Trop " est un mot bien plus décent que " pas assez ". Crois-moi, je le sais, j'ai vécu en " pas assez " très longtemps et j'en ai encore honte. »

Il se laissa retomber en arrière, il ferma les yeux, il lui semblait que pour la première fois Alice s'adressait à lui comme à un être humain et non comme à un séducteur. Il passait, de lui à elle, une sorte d'amitié, amitié dont il se méfiait horriblement après l'amour et dont il ne pouvait, ni ne voulait cette fois-ci, éviter la tendresse.

« Pourquoi me dis-tu ça ? dit-il, tu penses à qui ? tu penses à Jérôme ou tu penses a ton mari, à ce Gerhardt ?

— Je pensais à Gerhardt », dit-elle.

Elle s'assit sur le lit, replia ses genoux, mit les bras autour puis posa la tête sur ses bras. Elle avait l'air d'une enfant ainsi et, comme à la campagne, il aurait voulu lui beurrer ses tartines, lui dire d'oublier le reste, d'oublier ces hommes qu'elle n'avait pas aimés ou pas assez aimés ou qui l'avaient trop aimée, qu'importe... ! ces hommes qui ne l'avaient pas rendue heureuse en tout cas et dont elle se plaisait maintenant à endosser le malheur.

« Raconte-moi, dit-il. Raconte-moi tout, je veux que tu me racontes tout. Dès que tu es entrée chez moi, j'ai voulu que tu me racontes tout, j'ai voulu te faire taire et te faire parler à la fois. Parle-moi, Alice, je t'en prie, parle-moi. Est-ce que je peux te dire " tu ", d'abord ?

— Vous pouvez me dire " tu " et me faire tout ce que vous voulez, dit-elle en souriant d'un air oblique. Mais ne m'en voulez pas si je vous dis " vous " un moment. Je ne veux pas vous faire du mal, jamais, je ne voudrais vous faire de mal, Charles, jamais. Il faut que vous le sachiez. Je ne veux pas que cela recommence comme avec Gerhardt.

— Que s'est-il passé avec Gerhardt ? » demanda Charles, s'étonnant de la clarté de sa propre voix. Car, dès le début, il haïssait ce Gerhardt, ce type qui avait eu le front, la lâcheté plutôt de filer, de quitter ce pays infesté d'Allemands, de nazis, de salopards, et d'y abandonner sa femme ; pour aller se reposer tranquillement dans un cottage, au bord du Mississippi, sans doute...

« Il s'est passé, dit Alice, que je ne l'aimais plus et qu'il m'aimait ; je vous ai raconté, je crois, je t'ai raconté — reprit-elle — ce qu'on lui faisait à l'extérieur. Un soir, un soir j'ai vu rentrer Gerhardt à la maison. Il a tiré la porte, l'a refermée d'un coup de pied et il est allé droit vers la cuisine. Je l'ai suivi. Il était très pâle. Il a tiré la porte du placard à poubelle et il a ouvert au-dessus sa serviette, sa trousse médicale, et il en a jeté tout le contenu, tout, les seringues, les médicaments, le stéthoscope, le tensiomètre, tout, tout ce qu'il y avait dedans, il a tout jeté dans la poubelle, au milieu des épluchures et des détritus, sans un mot, sans une explication. Et puis, il est rentré dans sa chambre et il a laissé la mallette dans le couloir, devant sa porte, ouverte et renversée. Il n'en pouvait plus, je crois. Je pense qu'il attendait avec une sorte d'espoir, sa dernière opération qu'il devait faire le mois suivant et après laquelle, il le savait, on l'enverrait à son tour vers la mort. Vraiment, je crois qu'il l'espérait, dit-elle encore une fois.

— Et puis ? dit Charles.

— Et puis Jérôme est arrivé. Il a pris tout cela en main. Je ne sais pas si vous l'ignorez ou si vous le savez, Charles, mais Jérôme, depuis 1936 ou 1937, est au courant de tout ce qui se passe en Allemagne ; de tout ce qu'ont fait les nazis depuis 33 ; et il risque sa vie à sauver des gens, à les faire passer aux frontières, à leur éviter le pire. Le plus souvent, ce sont des juifs bien sûr. Il connaissait Gerhardt par hasard, il l'avait rencontré à Bayreuth, je crois, et il l'aimait beaucoup. Enfin, il a persuadé Gerhardt de partir, il y est arrivé. Nous avons quitté Vienne une nuit, avec de faux papiers, de la manière la plus plate et la moins romanesque qui soit; et Gerhardt a pu rejoindre Lisbonne et l'Amérique.

— Et vous ne l'avez pas suivi ? » demanda Charles, faisant de cette évidence une interrogation indiscrète mais à laquelle Alice ne songeait plus à résister. Le fait d'avoir accusé Charles un jour d'antisémitisme la culpabilisait trop pour qu'elle puisse admettre à présent quoi que ce soit d'autre à son sujet. Il était devenu, à ses yeux, définitivement innocent.

« Non, dit-elle. Je ne l'ai pas suivi, nous étions en train de divorcer. C'est pour ça, d'ailleurs... »

Elle s'arrêta et ce fut Charles qui continua d'une voix rêveuse :

« Oui, c'est pour ça qu'il a vidé, tout seul, sa trousse dans la poubelle et c'est pour ça qu'il est allé, tout seul, s'enfermer dans sa chambre, en laissant sa trousse dans le couloir. Bien sûr. Vous ne l'aimiez plus ?

— Je ne l'aimais... ce n'est pas que je ne l'aimais plus, c'est que je n'aimais personne, dit Alice d'une voix désolée. Je ne m'aimais plus moi-même, surtout, et cela est affreux, croyez-moi. Je sais bien ce que les hommes pensent des dépressions nerveuses des femmes ; je sais bien que cela paraît ridicule quand on est jeune et riche, pas laide et mariée à quelqu'un qui

166

vous plaît. Je sais bien que le désespoir dans ces cas-là est grotesque, mais croyez-moi...

— Mais je vous crois ! s'exclama Charles avec une vivacité qui fit sursauter Alice. Je vous crois tout à fait ! Je ne l'ai pas dit à Jérôme mais cet oncle dont je vous ai parlé, Antoine — je ramène tout, me direz-vous, à cet oncle, c'est ridicule, mais j'ai appris beaucoup de choses par lui ; et même, parfois, contre son gré — mon oncle Antoine, donc, a eu ça, cette dépression. Et c'était affreux. C'est de ça qu'il est mort, je crois, finalement, car on ne meurt pas d'une bronchite si on tient à la vie. Ça lui est arrivé, un jour, comme ça ; il est " tombé triste ", comme on dit chez moi. Il ne s'est plus intéressé à rien, ni à ses amis, ni au temps, ni à la chasse et croyez-moi : c'était un rude chasseur. Un rude coureur de femmes aussi. Et il aimait travailler, en plus !... » ajouta-t-il d'un air de regret, comme si cette seule qualité ne lui eût pas été transmise héréditairement et que ce fût bien dommage. Avant de continuer :

« Je sais ce que signifie cette maladie, Alice, croyez-moi. Je l'ai vu, lui, des heures entières, regarder par la fenêtre, assis dans son fauteuil. Je l'ai vu se coucher désespéré et se réveiller désespéré. Et je ne pouvais rien faire pour lui, rien, je pouvais à peine lui parler, je sentais que je l'ennuyais et pourtant il n'aimait que moi au monde. Je l'ai vu torturé, je l'ai vu se cogner doucement aux murs, doucement parce que même se faire mal ne l'intéressait plus. C'est ça, n'est-ce pas, on n'arrive même pas à se tuer ? Non, croyez-moi, Alice, je sais ce que c'est : s'il y a une chose que je crains sur cette terre, c'est bien ça, de ne plus m'aimer. Non pas que je m'aime spécialement, ajouta-t-il très vite, mais enfin je me laisse tranquille, je me fiche la paix et même, par moments, je me ferais plutôt rire. »

Il avait parlé avec ardeur et avec conviction mais c'est en baissant la voix qu'il ajouta : « Je sais que je raconte très mal cette maladie et que je ne peux rien y comprendre, vraiment, tant que je ne l'aurai pas eue... mais je voulais vous éviter de me la décrire... Je pensais que cela vous serait moins pénible... Même si je m'exprime mal, je peux vous jurer, Alice, que je ne trouve pas ça ridicule : je trouve ça terrifiant. »

Il s'arrêta ; il se trouvait, en effet, un peu ridicule et maladroit mais il savait qu'il avait fait exactement les maladresses qu'il fallait. Confusément, il était fier de lui, content de lui. Il avait l'impression, depuis long-temps oubliée, d'avoir fait le bien de quelqu'un ; et autant il en avait l'habitude avec ses chiens et ses chevaux, avec ses gens comme il disait, avec ses arbres et ses prés, autant il en avait peu l'habitude avec les femmes. Enfin, avec ce qu'il appelait les femmes avant que celle-ci arrivât et représentât tout autre chose que ce nom vague, que cette entité bizarre, presque intellectuelle. C'était une image primaire qu'il avait des femmes et qui n'avait rien à voir avec cet être pesant et léger, reniflant à petits coups sur son épaule. Alice se rendormit ou fit semblant de dormir, sans rien ajouter à sa description clinique. Seulement, de temps en temps, elle appuyait ses lèvres entrou-vertes sur son torse à lui et chaque fois il frissonnait de bonheur, il sentait toute sa peau frémir, comme, sous la paume d'une main qui la connaît bien, la peau d'un cheval nerveux et flatté de ce contact.

Il crut s'endormir un instant, il dormit sans doute quelques minutes, quelques longues minutes puisque lorsqu'il rouvrit les yeux, elle était de nouveau assise dans sa position d'enfant, ses cheveux noirs retombaient sur ses yeux gris et elle les repoussait en soufflant par-dessous et en faisant, de la bouche, une drôle de grimace garçonnière, cocasse, qui rendait sa beauté plus humaine, plus faillible, plus accessible.

« A quoi pensez-vous ? demanda-t-il.

— Je pensais à toi, répondit-elle sans le regarder et ce " tu " inattendu, inespéré, donna un choc à Charles.

— A quoi penses-tu ? répéta-t-il lentement.

— Je pensais à toi chez les Allemands, ce matin, dit-elle. Je pensais à toi... » et elle se mit à rire malgré elle, comme une écolière.

« J'étais grotesque, oui, dit Charles. J'ai pensé que tu me reverrais toujours comme ça, ridicule, obscène, avec mon pantalon en tire-bouchon sur les chevilles. Qu'est-ce que tu as pensé ? dis-le-moi ! » ajouta-t-il avec une fureur subite et elle s'arrêta de rire, avança la main jusqu'au visage de Charles où elle s'immobilisa, le pouce en travers de sa joue, les autres doigts derrière son oreille, les ongles dans la racine de ses cheveux.

« Je t'ai trouvé beau, dit-elle. Tu avais le torse bronzé jusqu'aux hanches, tu étais très droit ; avec ce maillot de peau tout blanc et tes cuisses brunes, je t'ai trouvé très très troublant. Et sans " mein capitaine ",

169

j'aurais sifflé d'admiration ; d'ailleurs je l'ai montré, non ?

— Ça, c'est vrai, dit Charles — à moitié choqué, à moitié ravi —, c'est vrai, cette espèce de uhlan n'en croyait pas ses yeux, lui non plus. C'est là que tu as décidé de... de... ?

— Non, non, dit Alice très rapidement et très faussement ; c'est en dansant dans cette boîte que je me suis décidée. »

Elle était retombée en arrière, elle avait l'air réservé, distant, elle se moquait sans doute de toutes les pudeurs de Charles qui s'en agaça. Elle avait été si éloignée dans son esprit de ce lit partagé, et elle y semblait à présent si à l'aise ! Parmi les relations de Charles, les femmes « bien » étaient tout le contraire : aussi provocantes avant, que farouches après, elles transformaient leurs timides prétendants en cyniques suborneurs dès la première nuit. « Je me demande ce que tu vas penser de moi maintenant » était une des phrases que Charles avait le plus entendue dans sa vie et à laquelle il ne répondait jamais. Alice ne posait pas cette question, elle ne la poserait jamais, elle ne l'avait jamais posée. Peut-être était-ce là affaire de milieu, mais dans ce cas, celui dont elle venait était préférable au sien.

« J'ai faim, dit-elle en rouvrant les yeux. Que font-ils, avec leur infecte tisane et leur pain de mie cartonné ? » Mais déjà on frappait à la porte et Charles cria « Entrez » d'une voix rogue, tout en tirant farouchement les draps sur les épaules nues et sur le visage d'Alice. Le pauvre garçon posa son plateau sans oser regarder le lit et sortit comme il était entré, absolument de profil.

Ils trouvèrent finalement leur petit déjeuner assez agréable ; de même que le vin blanc qu'à prix d'or le concierge aigri, mais plus cupide qu'aigri finalement, leur procura vers trois heures avec quelques sandwiches indéfinissables ; de même que l'autre bouteille qu'ils burent dans la soirée. Leurs verres à moitié vides et oubliés reflétaient les rayons obliques du soleil couchant et les miettes éparpillées dans leurs draps ajoutaient à leur bien-être. Ils s'endormirent très tard sans s'être levés ni même avoir songé à le faire car, sans s'en être parlé non plus, tous deux savaient que le retour était pour le lendemain. Et tous deux, comme s'ils s'étaient rencontrés sur un quai de gare, ne se parlèrent qu'au présent, sans jamais employer le futur.

C'est ainsi que Paris, dans la mémoire de Charles, cessa d'être la capitale des plaisirs pour devenir celle du bonheur. C'est ainsi qu'au lieu d'évoquer des jours de soleil, des terrasses de cafés, des femmes innombrables, des marronniers, des orchestres, des aubes, toute une ville, le nom de Paris n'évoqua plus pour Charles Sambrat qu'une chambre d'hôtel dans la pénombre, et le profil d'une seule femme : le cœur est un mauvais touriste.

CHAPITRE XII

Leur train ne partait qu'à midi mais, suivant les instructions de Jérôme, ils étaient arrivés à dix heures et demie gare de Lyon; non sans mal. Ils s'étaient endormis fort tard, épuisés et saturés, croyaient-ils, l'un de l'autre. Mais l'animal de l'amour, cet animal jamais rassasié, tapi dans leurs corps et dans leurs nerfs, les avait à nouveau réveillés et rejetés l'un vers l'autre, plus tard puis encore plus tard, dans des étreintes dont ni l'un ni l'autre ne se sentait l'instigateur.

Les jambes tremblantes, la bouche sèche, le cœur tapant, ils avaient erré, rôdé, rêvé le long des quais puis le long des couloirs du train, avant de déposer au hasard, dans les filets d'un compartiment une valise pleine de faux papiers destinés à Jérôme. La règle était de mettre la valise n'importe où et ils avaient suivi cette règle avec une docilité et un remords à peu près égaux.

A présent, ils s'étaient réfugiés au buffet sinistre et sale de la gare, ils avaient commandé deux chicorées et chacun d'eux regardait avec stupeur et compassion, en face de lui, le fantôme blafard et fripé de leurs brûlantes amours nocturnes. Du fin fond obscur et désert de ce buffet, ils voyaient au loin, au bout des quais, sous la verrière, éclater et régner un soleil blond, agreste, inconnu, qui leur évoquait plus les souvenirs d'une enfance lointaine qu'un futur immédiat. Pourtant c'était bien vers ce soleil, vers la verdure, vers l'été, l'herbe et les rivières qu'ils allaient rouler bientôt, très bientôt, dans quelques minutes. Seulement ils n'y pensaient pas ; figés derrière leur guéridon et leurs valises, immobiles comme des oiseaux nocturnes, effrayés et incrédules, leur mémoire débordait d'images toutes-puissantes puisque accordées à leurs sentiments. Leur mémoire débordait d'instantanés, de flashs de draps, de corps, de visages, de soupirs, de pénombre et d'éclairs d'obscurité et de plaisir : leur mémoire, devenue nocturne, rendait caduques, inimaginables leur présent, leur futur, leur imagination, leur raison — et même ce soleil éclatant là-bas.

Ni l'un ni l'autre n'avait prononcé le nom de Jérôme, mais la voix dans le haut-parleur, annonçant que le train partirait avec un retard de plus d'une heure, leur parut, à tous les deux, celle d'un ange miséricordieux.

Ils étaient douze dans un compartiment prévu pour six, et le train semblait la proie de quelque lumbago spasmodique que tous deux bénissaient aussi. Néanmoins, l'impossibilité de parler à Alice et l'ennui s'en mêlant, Charles commença à s'interroger sérieusement sur ses intentions. Que devait-il faire, était-ce à lui de parler à Jérôme ou à elle ? Il ne s'imaginait pas prenant, dès son arrivée, Jérôme à part et lui parlant d'homme à homme. D'homme à homme ! Quelle expression ! Et pour lui dire quoi, en plus ? « J'aime ta maîtresse, qui m'aime aussi un peu, et qui en tout cas me laisse l'aimer. » Cette solution qu'il eût facilement choisie, et même préférée, un mois plus tôt, dans ses vaudevilles campagnards ou lyonnais, lui semblait à présent impossible et grossière. C'était à Alice, bien sûr, de lui parler ; et cela devait lui paraître terrible. Charles la comprenait : rival heureux, et non plus soupirant repoussé, il redevenait l'ami fraternel il retrouvait l'affection et la compassion que lui avait toujours inspirées Jérôme et ses amours malheureuses. Dans l'imagination de Charles, le destin de Jérôme était une sorte de sentier étroit, très droit, lumineux et mélancolique. Jérôme était en quelque sorte doué pour le malheur et le fait que cette fois-là ce fût lui-même, Charles, qui le lui apportât n'était qu'un hasard, un hasard fâcheux, bien sûr, mais un hasard. De toute façon, avec ou sans lui, Jérôme n'aurait pas gardé Alice ; d'abord, parce que les femmes qu'il aimait ne restaient pas avec Jérôme ; et ensuite, mais cela il ne se le formulait pas vraiment, parce qu'Alice ne resterait jamais avec personne. C'était une intuition, qui ravageait par instants l'esprit de Charles mais qui passait très vite, disparaissait même, dès qu'il respirait sur sa propre main l'odeur du corps d'Alice.

Il se disait bien qu'il ramenait, vers son meilleur ami le grand amour de celui-ci qu'il venait de lui prendre, mais il ne se sentait pas le moins du monde coupable : il se sentait seulement le témoin, le spectateur, le soigneur d'Alice. Il ne craignait qu'une chose, véritablement, c'était que le remords ne troublât les débuts de leur amour et leur bonheur à peine né de la veille. Il croisa, à la faveur d'une échappée entre deux épaules, un cou et une valise, le regard d'Alice. Il lui jeta un clin d'œil rassurant, encourageant, qui, mieux qu'un discours, renseigna Alice sur son état d'âme. Non, il ne fallait pas compter sur Charles pour se tourmenter, ni pour se mettre à la place de Jérôme. Charles était né innocent comme il était né brun et il mourrait innocent même si ses cheveux avaient le temps de blanchir jusqu'à la neige.

Il ne se rendait pas compte qu'elle devait tout à Jérôme, il ne se rendait pas compte que Jérôme était tombé amoureux fou d'elle au premier regard qu'il lui avait jeté et qu'il lui avait voué son existence, alors même qu'elle ne lui laissait aucun espoir. C'était Jérôme qui, depuis plus de deux ans, avait passé des heures et des heures à la veiller, à Vienne, à Paris, dans les trains, dans les cliniques, partout. C'était Jérôme qui l'avait écoutée, qui l'avait excusée, qui lui avait parlé, qui l'avait absoute. C'était Jérôme qui l'avait veillée comme une enfant, c'était Jérôme qui avait trouvé pour son mari le moyen de survivre et pour elle une raison de vivre. C'était Jérôme qui l'avait sauvée, à qui elle devait tout, qui ne lui avait jamais rien demandé et qui avait été éperdu de reconnaissance quand elle lui avait fait le cadeau, si futile, si modeste, de son corps. C'etait Jérôme qui n'avait jamais pensé qu'à son bien et à qui elle allait faire le plus grand mal qu'on puisse lui faire.

C'était ainsi qu'une fois de plus, Alice se retrouvait prisonnière des principes. Toute sa vie n'avait été qu'une longue bataille, une sournoise et âpre lutte entre les conventions et sa propre nature. D'elle-même, Alice n'aurait rien dit à Jérôme, elle lui aurait accordé, prêté son corps tendrement, distraitement, affectueusement, comme elle le faisait depuis six mois et elle aurait partagé le lit de Charles avec toute la sensualité, toute la curiosité, toute la gaieté et l'estime même, que cet homme éveillait en elle. Jérôme n'aurait pas été désespéré, elle n'en eût pas souffert, elle ne se serait pas sentie coupable et la vie aurait été harmonieuse. Seulement voilà ! Aucun de ces deux hommes supposés tolérants, intelligents, l'un libertin, l'autre humaniste, aucun de ces deux hommes ne supporterait cette situation. Se la partager leur semblerait impossible. Quelle absurdité ! Pour partager quelque chose ou quelqu'un, il faut l'avoir, et l'un et l'autre devaient bien savoir qu'ils ne l'avaient pas. On ne possède jamais quelqu'un. Il arrive que l'on tienne à quelqu'un et que, de ce fait, ce quelqu'un vous tienne, le temps que vous dure ce sentiment pour lui. Mais posséder qui que ce soit ! Et pourtant Jérôme et Charles qui acceptaient de partager son estime, sa

176

tendresse, son affection, refusaient de partager son corps ; comme si son corps était plus important que ses sentiments. C'est grâce à cet a priori absurde qu'elle allait devoir blesser quelqu'un qu'elle chérissait, c'est par « décence » qu'elle allait être cruelle.

Oui, toute sa vie n'avait été faite que de faux-semblants. C'était par curiosité qu'elle avait eu son premier amant et non pas par amour. C'était par maladresse, ignorance, qu'elle s'était retrouvée enceinte de Gerhardt, et non par goût de la maternité. C'était pour épargner sa famille qu'elle l'avait épousé, et non pour le désir de partager sa vie. C'était par accident qu'elle avait fait une fausse couche, et non par stratagème ni par répulsion. C'était pour ne pas lui faire de peine, et non parce qu'elle aimait l'Autriche qu'elle était allée habiter Vienne. C'était par gentillesse, presque par courtoisie, qu'elle avait pris un amant, et non par sensualité. C'était par passion de la vie, passion déçue, qu'elle avait subi cette dépression nerveuse. C'était par lâcheté et par peur de se faire mal qu'elle ne s'était pas tuée, et non par goût de vivre. C'était par horreur de la solitude qu'elle s'était laissé aimer par Jérôme, et non pour l'aimer à son tour. C'était par peur de l'Amérique, de l'inconnu, qu'elle était restée sur place et avait décidé de faire de la résistance, non par courage ni révolte devant les brutalités nazies. Et c'était par fatigue qu'elle s'était un soir donnée à Jérôme, non par tendresse ni par inclination. Finalement, il n'y avait qu'une chose qu'elle ait faite naturellement, jusqu'ici : c'était par désir physique, parce qu'il lui plaisait et qu'il avait le désir contagieux qu'elle avait couché avec Charles.

Et c'était parce qu'il continuait à lui plaire, qu'il la faisait rire et qu'il la mettait en confiance, qu'elle allait rester avec lui. Oui, pour la première fois, c'était parce qu'elle en avait envie qu'elle allait faire quelque chose ; c'était pour le plaisir qu'elle aurait à vivre avec Charles, et non par férocité qu'elle allait abandonner Jérôme. Ça, non ! La cruauté de ce qu'elle allait faire la faisait pâlir et elle haïssait la société qui lui imposait cette cruauté, qui déclarait monstrueux tout partage. Mais si elle était monstrueuse, tant pis ! Alice était une femme fragile et douce, tous ses amis, ses parents, son mari, ses quelques amants pouvaient le jurer sans mentir, mais personne ne savait quelle incroyable détermination habitait cette petite tête perchée sur ce cou délicat. Alice ne se laisserait jamais tromper ni ne se tromperait délibérément sur elle-même, ni sur ses sentiments ni sur ses pensées. Et parfois, elle riait d'elle-même, parfois un humour froid se déclenchait en elle, contre ce qu'elle appelait cette tare, cette naïveté prétentieuse qui l'avait menée déjà jusqu'au désespoir ; désespoir d'autant plus profond qu'il se nourrissait de lui-même et que seuls le plaisir et le rire, par essence incontrôlables et absurdes, échappaient à sa vigilance. Heureusement pour elle, Alice avait dans les veines du sang irlandais et hongrois qui lui offraient ces deux échappatoires plus souvent qu'à d'autres femmes ; si elle savait toujours à quel penchant elle cédait, ces penchants étaient assez nombreux, assez variés pour qu'elle ne s'ennuyât point elle-même — dès lors qu'elle ne se détruisait pas.

Le train roulait à présent régulièrement ; ils franchiraient la ligne de démarcation dans une heure et demie. L'annonce avait couru de wagon en wagon, de compartiment en compartiment, comme si le convoi tout entier eût été une longue geôle roulante, avec tous les murmures et toute la tension des prisons. Les voyageurs s'agitaient, consultaient leur montre, leurs valises, se regardaient les uns les autres avec de nouveaux yeux ; non plus le regard las, excédé de l'individu que ses congénères encombrent, mais celui soucieux, méfiant et puritain de l'individu que ces mêmes congénères risquent de compromettre. Charles, debout depuis deux heures, accroché au filet, contre les genoux d'Alice, voyait avec surprise se fermer les visages en dessous de lui. Et lorsque Alice, lui pinçant le bras, lui fit signe de se pencher vers elle, il ne s'étonna pas.

« Charles, chuchota-t-elle, je voudrais que vous... que tu ailles voir dans l'autre compartiment, tu sais, là où on a mis la valise, comment sont les voyageurs, tu sais... si jamais il y avait... »

Oui, Charles savait. Il savait tout ce que la voix d'Alice suggérait et il lui sourit, attendri et amusé, quoique épuisé d'avance à la simple idée de traverser le magma humain tassé dans ces couloirs, et qui le séparait de ladite valise. Mais, sans même tenter de discuter, il se lança à l'assaut. Il lui fallut plus de trois quarts d'heure pour faire l'aller et retour, et Alice était blême quand il revint, hirsute, mais l'air rassurant. Il se pencha et chuchota à son tour :

« J'ai bien regardé, il n'y avait, apparemment — apparemment, dis-je bien — ni juifs ni petits enfants ni résistants possibles dans ce compartiment. Ça empestait plutôt le marché noir. Mais, ajouta-t-il en souriant, comme il y avait une grosse crémière, avec une bonne tête, qui donne peut-être du pain, à Noël, aux pauvres, j'ai fait ce qu'il fallait. »

Eclatant de rire, il ramena sa main droite devant lui, qu'il avait gardée jusque-là derrière son dos et au bout de laquelle pendait la valise. Il la hissa sur le tas hétéroclite du filet et regarda Alice. Elle avait un sourire reconnaissant qui le gêna.

« De toute manière, vous m'auriez réexpédié, dit-il en riant, et ce trajet est infernal.

— Quand même, vous avez eu de la chance de la retrouver », dit Alice à voix haute, elle aussi, et leurs voisins, d'abord intrigués et soupçonneux, mais rassurés par ce rire, détournèrent les yeux de cette valise retardataire et inquiétante. Alice, elle, prit la main de Charles qui pendait à sa hauteur, y appuya sa joue. Charles, les yeux fermés, là-haut, espéra un instant, follement, être fusillé en même temps qu'elle au prochain arrêt. Et pourtant... mourir en compagnie de qui que ce soit était un souhait très rare chez lui... Il ne se rappelait l'avoir formulé qu'une fois, lorsque la fille du mercier l'avait plaqué pour un élève de première, le jour même de ses quatorze ans. C'était drôle...! Il

180

n'aurait jamais pensé que le bonheur puisse vous procurer les mêmes rêveries que le chagrin.

Il faisait une chaleur accablante à la ligne de démarcation et l'officier allemand qui ouvrit la porte du compartiment eut une moue de dégoût en voyant ce bon peuple français entassé, suant et transpirant contre ces banquettes d'un gris douteux. Il inspecta les papiers de chacun sans bouger d'un cil. C'était un petit homme brun, avec une tête de Méridional, et le fait de ne pas posséder le parfait type aryen devait le rendre hargneux car il vociféra plusieurs fois à la cantonade. Il arracha presque des mains de Charles son laissez-passer, fit quelques plaisanteries en allemand en montrant Alice du menton, regarda Charles qui s'embrouilla sans mal dans une histoire de secrétaire, trop évidemment fausse pour ne pas être plausible et, après un sourire égrillard et méprisant, l'Allemand sortit du compartiment, dans le soulagement général. Personne ne remarqua l'air tendu et gêné d'Alice et de Charles. Ils auraient ri gaiement et sans aucune gêne, à l'aller, de ces plaisanteries grossières, mais là, elles leur paraissaient comme autant d'obscénités.

Le train repartit donc et se mit très vite à faire des siennes. Il hoqueta, s'arrêta, tangua, repartit, se réarrêta, et cela toute la nuit sans qu'apparemment les machinistes et le chef de train n'y puissent rien. Il n'arriva qu'à l'aube à la gare de Valence.

Jérôme les attendait dehors, appuyé à un platane,

181

et, quand il les vit, il se mit à courir vers eux, dégingandé comme un étudiant, ce qui troubla légèrement l'esprit et la mémoire de Charles. Heureusement, Jérôme était resté pudique et c'est sur le front qu'il embrassa Alice sous les yeux de son ami. Il avait un air tellement radieux que Charles se rembrunit. Et pourtant, il était heureux, il éprouvait un étrange bonheur, un nouveau bonheur à l'idée de retrouver ses prés, sa maison, ses chiens, il éprouvait un vrai soulagement tout à coup, celui d'être à nouveau en sécurité et d'avoir ramené Alice saine et sauve dans cette sécurité. Et c'était un sentiment bizarre, puisqu'il n'avait jamais eu un instant, sauf sur un plan purement sentimental, l'impression de courir le moindre danger.

Le train repartait déjà, rapidement pour une fois, quand il se rappela la valise. Il put y sauter et en redescendre sans dommage, mais il avait le cœur qui battait comme un fou et les jambes molles. Décidément, il ne rajeunissait pas, pensa-t-il avec bonheur. Il revint en brandissant triomphalement son butin, à bout de bras, vers Jérôme — qui lui faisait des signes de prudence — mais qui avait profité de son absence pour passer son bras droit autour des épaules d'Alice. Du coup, Charles, sèchement, lui tendit la valise, ce qui dénoua l'étreinte de Jérôme et le surprit. Il leva des sourcils interrogateurs.

« Excuse-moi, je suis claqué, dit Charles, vraiment claqué. Ce voyage a été infernal.

— Et autrement, dit Jérôme, autrement ? »

Il avait les yeux gais et un air de soulagement si vif que Charles détourna la tête, tout à coup horrifié de lui-même. C'était son premier remords, son premier moment de remords, mais il était violent.

CHAPITRE XIII

La vieille voiture les attendait tout près, mais le nez pointé vers la route, comme dans les films policiers, pensa Charles distraitement. Il allait prendre le volant quand Alice, à sa surprise, se glissa devant lui.

« Laissez-moi conduire cet engin une fois, Charles. Je n'ai jamais conduit cette voiture, après tout. »

Ils s'installèrent un peu ébahis, Charles devant et Jérôme derrière avec les valises et Alice démarra brillamment. Elle ne faisait même pas grincer les vitesses, constata Charles, amusé et étonné.

« J'avais une Talbot Lago, dit-elle en riant et en faisant un virage un peu raide pour éviter un vélo. J'ai même gagné une course à La Baule, à dix-neuf, vingt ans. C'était rare les femmes qui conduisaient à cette époque-là. Mon Dieu, cela me paraît loin, c'est effrayant...

— A part la Talbot Lago, vous n'avez pas de souvenirs plus récents, Alice ? demanda Jérôme d'une voix ronronnante.

— Mais si, dit Charles, sans laisser à Alice le temps de répondre. Mais si, nous avons plein de choses passionnantes à te raconter. Cette valise est pleine de faux passeports, on l'avait mise dans un wagon différent du nôtre et puis Alice a eu peur qu'on fusille les pauvres gens qui y étaient. Alors j'ai dû aller la chercher. Tu ne t'imagines pas tous les soucis qu'elle m'a donnés », ajouta-t-il d'une voix enjouée et en donnant une petite tape amicale et terriblement maladroite, dans sa candeur sur le bras d'Alice posé sur le volant. Elle sursauta et la voiture fit une légère embardée.

Ça commence bien, pensa Charles, ça commence vraiment bien.

Louise, prévoyante, avait préparé un vrai repas, avec une vraie omelette, du vrai saucisson et du vrai vin rouge, suivis d'un vrai café. Tout cela fut servi sur la terrasse et Charles se sentait au comble du bien-être. Le vent secouait mollement les feuilles des platanes au-dessus de leurs têtes, le ciel blanc-bleu de l'aube tournait au bleu pâle, ce bleu pâle commun à tous les été chauds et le trottinement paresseux du chien Blitz sur le gravier, après ses grandes fêtes de l'arrivée, faisait un bruit délicieux. Alice et Jérôme, également silencieux, semblaient apprécier eux aussi la beauté de l'heure tout autant que le saucisson. Charles leur jeta un double coup d'œil ; le premier, furtif, vers Alice qui s'était étendue sur une chaise longue et qui gardait les yeux clos et le second, affectueux, compatissant, vers Jérôme qui, lui, les yeux ouverts regardait le bout de la prairie. Ah non, l'explication à venir n'allait pas être drôle pour Alice.

185

En attendant, Charles se trouvait parfait, aussi distant et lointain avec Alice qu'il se rappelait avoir été attentionné et agité avant leur départ. Il évoqua Paris distraitement comme s'ils y eussent été pour visiter la tour Eiffel, l'Arc de Triomphe et les Invalides, il ne fit même pas mention de leur activité subversive parce que ce sujet-là, ce sujet sentimentalo-historique appartenait, en fait, à Jérôme et à Alice, et non à lui. La Résistance était leur enfant à eux, c'était le départ, la raison d'être de leur couple d'antan, du moins Charles aimait-il à se le dire.

Enfin, pour être net, il devait bien s'avouer que si Jérôme était reparti dans un de ses discours sur le maréchal Pétain, la France et les occupants, il aurait eu, lui-même, beaucoup plus de mal à le contredire. Il n'y aurait opposé ni la même ironie, ni le même flegme. Il se rappelait trop bien leur arrivée à Paris, dans un Paris sinistre avec ses rues désertes. Quant à leur fameuse soirée, s'il restait ébloui de son dénouement, il gardait un souvenir horrifié de ce qui l'avait précédé. Il ne pouvait pas, il ne pouvait plus contredire Jérôme et Alice puisqu'ils avaient raison. Il ne voulait pas non plus apporter de l'eau à leur moulin, surtout celui d'Alice. Tout ce qui pouvait l'entraîner elle, femme fragile, devenue charnelle pour lui maintenant, vers des dangers qu'il savait désormais des plus concrets, était à repousser au loin. Sa propre imagination qui, depuis la fin des hostilités, avait été, comme sa mémoire, délibérément optimiste, ne l'était plus. S'il avait été, jusqu'à vingt-cinq ans, un galopin belliqueux, il y avait quand même un bon moment que Charles ne s'était pas battu physiquement. Il y avait surtout un bon moment qu'il n'avait pas été rossé brutalement et sauvagement par des hommes en uniforme. L'idée du corps blanc, doux et tiède d'Alice, touché, attaqué ou malmené par cette soldatesque sadique et grossière, était si épouvantable qu'il était obligé de lever les yeux vers elle et de la regarder pour bien se prouver qu'elle était intacte. Il se sentait bête tout à coup, obligé de détourner les yeux ou de la balayer rapidement du regard avant d'aller contempler fixement un détail de la cloison, de la nappe ou ses propres mains.

Jérôme avait pourtant l'air tranquille, il parlait sans effort et sans entrain, avec son air flegmatique, son air de jeune ou de vieil Anglais que Charles lui avait tant reproché au collège. Il serait bon d'ailleurs que le lord, chez lui, fasse place au résistant et à l'amant, et qu'il pose des questions : afin qu'on puisse lui donner des réponses, et des réponses exactes, fussent-elles brutales. Car Charles le voyait bien, Alice ne lui parlerait que contrainte et forcée. Incapable de lui mentir, elle serait incapable de lui dire la vérité tout à trac, et pourtant, il fallait bien qu'elle le fasse puisque Charles avait l'intention de passer la nuit dans ses bras.

Il hésitait, se balançait sur sa chaise. Toute la paresse de Charles, toute son horreur du drame se révoltaient devant cette scène à venir, mais, pour une fois, l'exigence de son amour était plus grande que sa fainéantise ; et, se rappelant le nombre de fois où il avait laissé ses maîtresses repartir, revenir provisoirement à leur mari, ne serait-ce que pour éviter des cris et des reproches, Charles se sentait à demi amusé, à demi honteux, de l'amant paisible, pacifique et accommodant qu'il avait été, toute sa vie, avec tant de facilité. Comme il s'étonnait, aussi, de ce temps de l'imparfait qu'il employait invariablement — quoique depuis peu — à son propre sujet.

« J'ai droit à un récit, maintenant, dit soudain Jérôme, et à un récit circonstancié. Et d'abord, qui t'a mis ce cocard sur l'œil, mon pauvre Charles ? Est-ce Alice ?

— Mais non, pas du tout, s'exclama Charles, avec de grands gestes de dénégation tout à fait inutiles. C'est un Allemand, enfin *des* Allemands.

— Parce que tu t'es battu avec des Allemands ? s'enquit Jérôme d'un ton bonasse. Tiens, tiens, tiens, voilà une anecdote pittoresque...

— Vous avez trouvé le mot juste, Jérôme, dit Alice en souriant. Je suis sûre que Charles va vous raconter tout ça comme une affaire de pochards malmenés par des gendarmes, j'en suis persuadée. Commencez le récit, Charles, je ne vous arrêterai pas mais je ferai le mien, après.

— Il n'en est pas question.

— Pourquoi, s'enquit Jérôme, aurais-tu peur ?

— Moi, peur ? Peur de quoi ? protesta Charles d'une voix aiguë. Pourquoi veux-tu que j'aie peur ? Si tu avais entendu ces deux zigotos insulter Alice, tu en aurais fait autant.

— Mais quels zigotos ? » demanda Jérôme, de plus en plus intrigué.

Alice intervint :

« Par zigotos, Charles entend les deux S.S. qui nous ont emmenés à la Kommandantur, place Saint-Augustin, pour nous interroger. »

Jérôme se leva d'un bond, il était pâle tout d'un coup.

« Vous, à la Kommandantur ? Mais vous ne m'avez rien dit, pourquoi ne m'avez-vous rien dit ? Que s'est-il passé ?

— Charles va tout vous raconter. Allez, Charles, courage ! dit Alice.

— Je veux bien commencer le récit, mais je m'arrêterai après notre sortie de la Kommandantur, dit Charles fermement. C'est Alice qui racontera la suite », ajouta-t-il.

Et l'insanité de sa phrase, sa folie, parurent si énorme à Alice, comme à lui-même, qu'ils se regardèrent sans ciller, abasourdis et au bord du rire.

« Eh bien, voilà comment ça s'est passé, commença Charles péniblement. J'avais promis à Alice de l'emmener danser, tu sais, pour la... pour la... bref, pour la distraire, et j'ai demandé au concierge de l'hôtel... tu connais cet hôtel où on allait, enfin où j'allais, moi, autrefois, non ? Tu ne connais pas ? C'est *Le Dandy*, rue de Rivoli. Mais si, tu connais, puisque je t'avais donné le téléphone.

— Ecoute, dit Jérôme, ne t'embrouille pas. Tu as demandé quoi, au concierge ?

— Rien. Si... je lui ai demandé une adresse pour danser. On a été à *L'Aiglon*, rue de Berri, c'est la dernière boîte à la mode. Bourrée de tout, de gens, d'Allemands, même de généraux, d'hommes d'affaires ; il y avait même un auteur de théâtre et deux acteurs, n'est-ce pas, Alice ? » demanda-t-il à celle-ci.

Elle affichait un air distrait, vaguement ennuyé, qui agaça Charles.

« Oui, oui, en effet, il y avait des têtes connues, admit-elle.

— Eh bien, on a donc dansé, dit Charles, on a dansé quoi, d'ailleurs ? On a dansé les airs qu'ils jouaient.

— En fait, intervint Alice, nous étions plus proches, je crois, des pieux laboureurs de Millet que de Fred Astaire et de Ginger Rogers. Au début de la soirée, Charles nous a fait labourer la piste pendant trois ou quatre bons kilomètres, sans s'arrêter un instant, et...

— Vous exagérez, dit Charles, nous n'avons pas tout le temps marché. Je me suis rattrapé par la suite.

— Oui, Dieu merci, il a un peu bu, dit-elle à l'adresse de Jérôme, il a un peu bu et s'est permis quelques variations, quelques détours dans son itinéraire. Puis, au couvre-feu, nous sommes rentrés à l'hôtel, à pied toujours, pour continuer notre entraînement. Et c'est là que nous sommes tombés sur des Allemands, enfin que des Allemands nous sont tombés dessus. Continuez, Charles, je vous en prie, j'avais dit que je ne m'en mêlerais pas !

— Cette femme est d'une mauvaise foi ! dit Charles

à Jérôme. Enfin, tu me connais, tu sais que je ne danse pas mal du tout ! Tu ne te rappelles pas que j'avais été en finale à ce concours de danse... Comment c'était, déjà, cette espèce de bal au Panthéon ? Tu te rappelles ?

— Ecoute, dit Jérôme sévèrement, je me fous que tu aies bien ou mal dansé, ce qui m'intéresse, c'est l'histoire des Allemands, alors, enchaîne.

— Eh bien quoi ? Tu sais tout, dit Charles excédé, tu sais tout ! On nous a arrêtés, on nous a emmenés à la Kommandantur, on nous a demandé qui on était, d'où on venait, tout, quoi ! J'ai dit qu'on venait de *L'Aiglon*, qu'on habitait rue de Rivoli. Ils ont demandé nos papiers, Alice a sorti les siens qui prouvaient qu'elle était juive, enfin, non, pas elle, mais que son mari l'était et qu'elle ne l'était pas. Là-dessus, ils se sont livrés à quelques plaisanteries — style Goebbels plutôt que Sacha Guitry — sur la race juive. Et, ajouta-t-il très vite, et après, ils nous ont relâchés ; enfin, il a fallu que l'on témoigne pour nous que nous étions de bons Français ; et donc que nous adorions la race allemande. Voilà.

— Et qui a témoigné ça ? demanda Jérôme.

— Eh bien, Mme Je-ne-sais-pas-qui, pour Alice, et, pour moi, mon oncle Sambrat, celui de Vichy, celui qui est attaché au cabinet de Laval, je crois. Tu sais bien : l'oncle Didier, ce crétin ? On a été à la chasse une fois avec lui, tu ne te rappelles pas ? Il tire comme une pomme d'arrosoir, en plus !

— Alice, dit Jérôme, Alice, il ne s'en sortira jamais, éclairez-moi.

— Bon, je reprends au début, dit Alice. Après *L'Aiglon*, nous sommes rentrés par la Concorde, et au coin de la rue Boissy-d'Anglas, nous nous sommes retrouvés sous un porche en compagnie d'un terroriste que les Allemands recherchaient. Ils l'ont vu avec nous, ils nous ont crus ses complices et ils nous ont emmenés là-bas pour vérification d'identité. L'un d'eux a vu mes papiers, m'a reproché grossièrement ma faiblesse pour Gerhardt et mon goût pour les hommes circoncis. Charles s'est fâché, et — comme si nous avions eu affaire à quelques braves pandores — il s'est jeté sur eux. Ils l'ont assommé et nous sommes rentrés à l'hôtel. Voilà. Pour en finir avec tous ces détails oiseux, je dois reconnaître quand même que Charles, après avoir bu cinq ou six cognacs, a fini par se dégeler. Et que nous avons dansé le paso doble, le tango, le fandango, la valse, d'une manière admirable, et sous les vivats de la foule. »

Alice regardait Charles fixement tout en disant ces phrases, elle essayait de lui faire comprendre qu'il devait partir au plus vite, qu'il devait s'en aller, qu'elle allait parler maintenant, qu'il ne fallait pas qu'il soit là ; mais il la regardait, il regardait Jérôme d'un air soulagé et content de lui : l'air de l'homme qui n'a pas gaffé. Il est incroyable, pensait-elle, il est insensé. C'était un nigaud. Il lui plaisait vraiment beaucoup.

« Bon, et après ces détails comme vous dites, après la Kommandantur comme tu dis, Charles, que s'est-il passé ? Qu'est-ce que tu ne voulais pas me dire, Charles ? »

Le regard de Charles se détourna vers Alice. Elle murmura :

« Ce que j'ai appris avant-hier matin, Jérôme, et qui ne concerne pas Charles. Voulez-vous nous laisser, s'il vous plaît ? » demanda-t-elle à Charles qui s'exécuta et entendit la voix d'Alice dans son dos, une voix basse et tremblante, prononcer des noms inconnus mais qui lui semblèrent bizarrement familiers, amicaux — « Tolpin, Faroux et Dax » — tout autant que la phrase une fois finie lui parut cruelle ; « Tolpin, Faroux et Dax ont été fusillés », disait Alice tristement, tendrement, comme elle eût dit « j'avoue que je vous ai toujours aimé ».

Charles, épuisé, s'était endormi aussitôt. Alice, elle, se retourna longtemps avant d'y parvenir. Quant à Jérôme, qui avait passé trois jours affreux à les attendre et qui était aussi épuisé qu'eux, il alla s'étendre sous le peuplier préféré de son enfance.

Mais il ne voyait plus, aujourd'hui, les mille petites feuilles vertes scintiller, danser dans le soleil et lui promettre tous les bonheurs. Il se sentait soulagé et écœuré. Soulagé puisque Alice était revenue saine et sauve, et écœuré de ce soulagement ; car, enfin, il le savait maintenant, elle le lui avait dit, il était sûr de ce qu'il pressentait déjà : Tolpin, Faroux et Dax étaient morts, fusillés. Tolpin, ce rouquin avec ses cheveux crépus et son rire, son visage tout rouge tout le temps ; et Faroux si maladroit, si réservé, si « comme il faut » qu'il était inimaginable même qu'on l'arrête ; et Dax, avec son air souverain d'homme trop petit, sa manière de toiser les hommes plus grands. Ces trois êtres humains, ces trois hommes rencontrés par hasard — parce qu'ils avaient la même idée que lui de la vie, la même certitude que certaines choses y étaient interdites —, ces trois hommes avaient été condamnés à mort et exécutés.

Et lui était là, vivant ! lui, leur chef en quelque sorte — dans la mesure où il pouvait se sentir un chef —, et lui était là, à se prélasser sous un arbre, à regarder des feuilles de peupliers et à se réjouir de ce que sa maîtresse, cette belle maîtresse, lui soit revenue, intacte. Et surtout, surtout, lui, l'honnête, le sensible, le responsable Jérôme, était mille fois plus tourmenté par la trahison possible de cette femme que par la mort certaine de ses amis. Car si cette mort l'accablait de tristesse, de désespoir, d'une douleur virile irréparable — car, bien sûr, il n'oublierait ni Tolpin, ni Faroux, ni Dax —, c'est avec un orgueilleux chagrin que sa propre image se mêlerait à la leur, dans sa mémoire. En revanche, c'est avec une douleur affreuse, lancinante et déshonorante — parce que mêlée de doutes, de soupçons et de bassesse — que, plus tard, il penserait à Alice et à Charles. Ces trois brefs instants, dans la voiture, d'abord, puis dans l'escalier, enfin dans le salon, ces trois brefs instants (entre parenthèses qui n'étaient pas ceux où Charles avait cru se trahir, bien entendu), ces trois brefs instants où il avait eu, très rapidement, l'intuition entre eux d'une complicité physique et nouvelle, ces trois instants, maintenant que les deux n'étaient plus là et qu'il ne cherchait plus à accumuler ou à repousser des preuves, ces trois instants se multipliaient, se décuplaient.

Il se retourna vers l'herbe, enfouit son visage dans la terre, donna de violents coups de poing sur ce sol inerte, chaud, odorant, qui le rejetait depuis toujours. Il en était sûr, à nouveau, il en était convaincu, Alice et Charles avaient couché ensemble à Paris, ils l'avaient trahi, elle l'avait trompé, ils étaient heureux, ils se plaisaient. Et, Charles, avait donné à Alice ce plaisir que lui-même n'était jamais arrivé à lui procurer. Charles, ce bon garçon, ce bêta, ce coureur de jupons, était arrivé à arracher à cette femme mille fois plus sensible et intelligente que lui, les cris que lui-même, Jérôme, avait tellement attendus et espérés. Mais enfin, était-il vrai qu'il y avait des hommes à femmes et des femmes prêtes à croire aux hommes à femmes, était-il vrai qu'une femme comme Alice pouvait tomber dans un piège aussi bas, aussi vaudevillesque, aussi écœurant que celui tendu par Charles ?

Et en plus, elle allait lui parler, elle allait lui dire la vérité ; elle allait lui dire : « Je suis désolée, Jérôme, mais c'était physique. C'est vous que j'aime vraiment, à qui je tiens, que je comprends, avec qui je me sens bien ; avec Charles, ce n'est rien d'autre que sensuel. Tout cela est sans importance, soyons amis, Jérôme. » Etait-elle assez stupide, assez cruelle pour imaginer que c'était surtout son esprit, son âme, sa sensibilité qu'il voulait ? Ignorait-elle que pour lui, comme pour n'importe quel homme, c'était la terre, la glaise, le sang, la peau, la chair d'une femme qui importaient d'abord, avant, plus que tout. Ignorait-elle que si le corps sans le cœur n'était pas le paradis, le cœur sans le corps était l'enfer ? Ignorait-elle qu'il avait parfois sangloté, pendant qu'elle dormait, de rage, de désespoir, à la voir si douce, si paisible, si confiante dans ses bras ? Ignorait-elle qu'il avait quand même, à trente ans, fait jouir quelques femmes, et qu'il savait dissocier, sur leur visage et dans leur corps, l'affection et le plaisir ?

Ou le croyait-elle imbécile, froid, novice, idiot ? Ah ! il resserrait ses mains sur l'herbe, tentait de creuser la terre de son menton, de son nez, de son front, il se tapait la joue contre le sol. Ah ! il eût donné n'importe quoi, sa tête, dix ans, vingt ans de sa vie pour entendre ne serait-ce qu'une fois, une seule fois, le cri, le cri d'amour d'Alice ! Une fois, une seule fois ! Il se sentait capable de tout pour ça ! Et c'est avec un soulèvement, un spasme semblable à la nausée — sauf qu'il lui montait non pas de la gorge, mais de tout le corps — qu'il se retourna, se renversa sur le dos, puis sur le côté, les genoux repliés au menton, la tête dans les bras, les deux mains lui cachant le visage comme s'il eût voulu, dans sa fureur et son dégoût, en dérober la vue à n'importe qui, et puisqu'il n'y avait personne, la dérober aussi à un Dieu féroce et imbécile, auquel, par ailleurs, il ne croyait pas.

Et sa douleur, par son excès même, se calma. Sa mémoire, inconsciemment, lui rappela peut-être qu'il avait jadis, disserté longuement sur la phrase de Nietzsche : « Ce n'est pas le doute, c'est la certitude qui rend fou. » Et il réentendit sa propre voix, un instant bloquée, qui lui disait : « Allons Jérôme, pauvre Jérôme, te voici dans la position du fœtus ! la fameuse position du fœtus ! » Et ne pouvant continuer à souffrir de la sorte, son esprit, — cherchant partout un calmant, un remède, quelque chose pour enrayer cette douleur mortelle — son esprit n'en trouva qu'un seul : le doute. Il se mit à respirer plus régulièrement. Il se mit tout bonnement à rerespirer. Ah ! mais, il devenait fou, ma parole, il devenait imbécile ! Quelle était cette crise nerveuse ? C'était sans doute le choc, très mal encaissé, de la mort des siens. C'était le chagrin, l'angoisse, le remords de n'avoir pas été parmi eux. Ç'avait été la terreur aussi qu'Alice ne se fît prendre à Paris. C'étaient les insomnies de ces trois derniers jours qui l'avaient mis dans cet état délirant et passionnel. Il avait trop d'imagination, c'était là son vice, vice d'autant plus affreux qu'elle fonctionnait surtout dans le malheur. Lui qui avait une mémoire plutôt gaie, qui se rappelait de préférence les bons moments, n'imaginait jamais que le pire : toujours.

Il y avait quelqu'un en lui qui était prêt à se laisser séduire, charmer, qui demandait à rire et à se confier. Mais il y avait quelqu'un d'autre aussi, sombre et distant, tourmenté... Et ce duo durait depuis toujours, depuis sa naissance. Seulement il avait l'impression, maintenant, que le second prenait le pas sur le premier ; et pis, il avait le sentiment grandissant que c'était ce second, ce pessimiste, qui avait raison. Jérôme n'avait jamais su glisser, comme Charles, sur une pente savonneuse appelée le bonheur ; il s'était toujours senti boiteux. En réalité, il était un infirme, auquel la guerre permettait de cacher son infirmité. Jérôme le savait, le redoutait et l'espérait à la fois : ce n'était qu'au bas d'un poteau d'exécution, le corps saccagé et l'âme ailleurs, qu'il rejoindrait ses frères humains. Tout le reste du temps se serait passé à courir après une image de lui-même, une image d'Epinal, d'un Jérôme heureux. Les seuls moments où la vie lui avait semblé gicler comme du lait ou de l'alcool, il les devait à Charles, son contraire et son frère. Et peut-être son rival.

CHAPITRE XIV

Ce n'est qu'après deux heures d'insomnie, donc, qu'Alice avait glissé dans le sommeil. Elle en fut tirée sept heures plus tard par le klaxon de Charles qui, ayant dormi paisiblement dès qu'il avait touché son lit, s'était réveillé assez tôt pour aller faire un tour à l'usine. Au retour, espérant vaguement qu'Alice se fût expliquée avec Jérôme, il avait eu la déception, dès le portail, d'apercevoir ses volets toujours fermés. Et, à présent, il la réveillait avec de grands coups de klaxon auxquels, à peine descendu de voiture, il trouva un ridicule, un mauvais prétexte :

« Louise, cria-t-il, Louise, je finirai par écraser toutes ces malheureuses volailles, si elles continuent à se jeter sous ma voiture ! Pourquoi sont-elles si désespérées, ces pauvres bêtes ? »

Dans un réflexe encore inconscient, Alice avait bondi du lit et s'était précipitée à la fenêtre. Mi-amusée mi-furieuse, elle regardait Charles agiter les bras devant le capot de sa voiture et devant la pauvre Louise effarée, qui jetait à ses poules, pourtant paisiblement assemblées dans la cour, des regards de reproche et des « petits, petits, petits... » grondeurs immérités. A travers les contrevents, Alice regardait son amant, ses cheveux si noirs, son ombre si longue dans le soleil déclinant, et s'étonnait de cette sensation de familiarité, cette impression d'habitude qu'elle avait déjà de lui.

« Vous croyez que ce beau temps va durer ? » demandait Charles à tue-tête à la pauvre Louise interloquée. C'était bien la première fois que Charles posait des questions aussi saugrenues, le ciel étant d'un bleu absolument parfait et limpide de l'est à l'ouest. Elle ignorait qu'il cherchait un prétexte pour lever les yeux et vérifier ainsi la présence d'Alice derrière les volets. Il se conduisait comme un coupable : depuis qu'ils étaient arrivés, il prenait des airs innocents qui auraient mis la puce à l'oreille de n'importe qui. Il se donnait beaucoup de mal pour avoir cet air innocent et tout cela en vain puisqu'il fallait que Jérôme sache.

Après tout, se dit-elle en se retournant vers la coiffeuse, qu'avait-elle fait d'autre, elle-même, depuis qu'elle était arrivée sinon éluder, se taire et tromper Jérôme un peu plus ? Mais son reflet dans la glace n'était pas du tout celui du remords : elle avait la peau rose, un peu hâlée, les yeux élargis et brillants, et, malgré elle, une expression moqueuse qui la rajeunissait de dix ans. Elle s'en étonna et s'étonna de son étonnement. Il y avait bien longtemps qu'elle ne s'était pas regardée dans une glace ni amusée des bénéfiques effets sur son visage de la sensualité. Elle se sourit un instant puis se fit horreur car elle imaginait le visage de Jérôme quand elle lui parlerait d'ici une heure ou deux, trois heures au plus tard. Elle imaginait le visage de son amoureux, de son ami, ce visage si vulnérable sous son calme et sa froideur. Ce visage se décomposerait, les traits se tordraient, la bouche tremblerait, tout ce qu'il était ou était devenu à force de s'y appliquer, la personne même de Jérôme, sa générosité, sa confiance, sa fermeté, son goût de l'absolu, son exigence, tout cela craquerait d'un coup, deviendrait gênant, cruel, indécent, comme au grand soleil le maquillage outrancier d'une vieille coquette. De plus, Jérôme n'aurait pas les réflexes habituels chez un homme ; Alice le savait incapable de bassesse, incapable de coups ou de cris, incapable de supplications aussi. Comment allait-il réagir, qu'allait-il faire ?

Mais ce n'est qu'en se voyant, debout, de pied en cap, dans la psyché, qu'elle se rendit compte qu'elle n'avait jamais envisagé un autre choix. Elle devait dormir ce soir dans les bras de Charles et voilà tout. C'était évident. Et depuis combien de temps les désirs, les pulsions, les envies, les dégoûts d'Alice avaient-ils été évidents ? L'avaient-ils jamais été ? En tout cas, pour une fois, elle les suivrait, elle suivrait son corps et non pas ce maniaque tourmenteur et tourmenté qu'était son esprit. Tout en se haïssant, elle ferma un instant les yeux et se sentit sauvée. Sauvée par le désir qu'avaient d'elle ces deux hommes, ces deux mâles, ces deux beaux mâles, beaux chacun dans leur genre, « deux trop beaux mâles pour une seule femme écervelée », lui souffla une voix sarcastique qu'elle n'avait plus entendue depuis longtemps. Après les tragiques et furieux combats de l'inconscient, voilà qu'elle était l'héroïne d'une comédie de boulevard. Il était bien dommage que cela se passât pendant la guerre, à une époque où tout le monde se tuait, s'entre-tuait et où personne n'eût songé à tuer qui que ce soit pour une femme, du moins l'espérait-elle. Et le même fou rire intérieur la prit à contretemps et contre son gré. Elle imaginait Charles et Jérôme ôtant du mur les vieux sabres de cavalerie d'un quelconque grand-père tué à Reichshoffen et se battant au clair de lune dans leur chemise blanche, elle à la fenêtre, distraite, lointaine, applaudissant les meilleurs assauts et se décidant tout à fait à la fin à aller sangloter sur le corps du mourant avant de se jeter au cou du vainqueur...

Mais que lui arrivait-il ? Elle n'avait pas encore bu pourtant, quelles étaient ces bulles qui lui sautaient à la tête, la rendaient gaie comme un pinson ? Y avait-il eu vraiment en elle une femelle frustrée et inassouvie pendant deux ans, qui attendait un mâle et une étreinte un peu plus réussie pour retrouver sa vitalité et son bonheur de vivre ? La vie, le bonheur, l'équilibre, avaient-ils des bases aussi simples ? L'existence de Dieu, le pourquoi de la vie, tout cela n'était-il vraiment qu'une question de glandes ? Elle n'en savait rien mais, après tout, elle s'en moquait du moment que ses glandes et sa métaphysique marchaient. Tout allait bien, le bonheur était à jamais innocent, elle l'avait toujours su ; et c'était bien ce qui l'avait si profondément désespérée quand elle l'avait perdu. Il n'y avait que le malheur d'impardonnable sur cette terre. Et le malheur, c'était Jérôme qui allait l'assumer, plus elle. Il l'avait soignée, et pour le remercier, elle lui avait communiqué sa maladie, son atroce maladie. Du moins, se disait-elle avec une cruauté sincère, du moins saurait-il, lui, pourquoi il souffrait et par qui : et contrairement à ce qu'il croirait alors, il aurait là un énorme atout.

Elle entra dans le salon, s'arrêta sur le seuil : Jérôme était étendu sur son divan préféré, en tissu râpé qui avait dû représenter des fleurs Louis-Philippe, déjà passées au départ. Sa cigarette pendait au bout de sa longue main, de son long bras, vers le grand parquet ciré. Elle s'assit au bord du divan, le dévisagea comme s'il eût été un autre Jérôme, un Jérôme qu'elle avait quitté, un Jérôme absent. Elle le regardait, mais déjà, entre le visage de Jérôme et sa prunelle, se superposaient des dizaines de clichés. Jérôme à Spa, à Bayreuth, Jérôme penché vers elle dans cette clinique, Jérôme tenant l'épaule de Gerhardt sur le pont, Jérôme étonné, ébloui, dans la chambre d'hôtel à Vienne, Jérôme décidé, sûr de lui avec les autres, Jérôme balbutiant devant elle. Ces images tournaient à toute vitesse devant ses yeux comme, dans les mauvais films, pour marquer le temps qui passe, on voit les feuilles des calendriers s'éparpiller au vent ; elles brouillaient ce visage qui avait été si longtemps le seul abri, le seul rivage pour elle, ce visage pour qui son propre visage était le seul visage au monde, elle le savait.

Comment allait-elle dire cela, faire cela ? La honte et la colère contre elle-même, le désespoir, la bâillonnaient et lui mettaient les larmes aux yeux. Jérôme s'y trompa, se redressa et, se penchant vers elle, la prit dans ses bras. Elle s'abandonna, appuyée au torse de Jérôme, comme cent fois, comme mille fois, les yeux fermés sur son épaule, respirant cette odeur d'eau de Cologne, si familière, si fraternelle, aussi, hélas ! Il portait au cou le petit foulard blanc et rouge qu'elle avait acheté chez Charvet les derniers jours où les petits foulards en soie étaient encore achetables, le petit foulard blanc et rouge qu'il ne quittait jamais, qu'il n'avait jamais perdu, qui était pour lui plus précieux que tout le reste de sa garde-robe, un petit foulard qui résumait à lui seul tout le romantisme caché, tout l'absolu, la passion, de cet homme.

« Jérôme, gémit-elle, les yeux fermés, Jérôme, je suis si triste, Jérôme ! »

Il avait relevé un peu le menton, elle sentait sa joue à peine rêche contre la sienne, sa chaleur habituelle, et, en même temps qu'elle sentait contre sa joue bouger ses maxillaires, elle l'entendit lui dire :

« Je sais, Alice, je sais, je sais que vous les aimiez aussi. Vous les connaissiez mal, ils vous adoraient, vous savez ? Ils vous trouvaient très belle, ils m'enviaient, ils disaient que j'étais un veinard. Moi, un veinard ! dit-il avec un petit rire. Je n'avais jamais pensé, jusque-là, être un veinard ! Mais avec vous, si, je suis un veinard, Alice.

— Jérôme, dit-elle d'une voix précipitée et basse, Jérôme, écoutez-moi.

— J'étais si seul sans vous », continuait-il. Elle sentait encore contre sa joue le mouvement inexorable de sa mâchoire, de toute cette tête qui ne voulait pas comprendre, imaginer, supporter, ce qu'elle allait lui dire.

« J'étais tellement seul, et j'ai eu tellement peur pour vous, vous n'imaginez pas comme j'ai eu peur. Je ne vous ai même pas embrassée. Depuis que vous êtes rentrée, je ne vous ai pas embrassée une fois ! et j'ai rêvé de vous pendant trois jours, quatre jours, je ne sais plus, un siècle... »

Et il renversa en arrière le visage d'Alice sur lequel il ne s'étonna pas, apparemment, de voir couler de longues larmes filantes, tièdes, pressantes et pressées, qui inondaient son menton, son cou, son chemisier, des larmes qui giclaient littéralement de ses yeux fermés. Et sans même lui poser une question, il se pencha sur ce visage défait et posa sa bouche sur la sienne, qui se contracta, se ferma, puis soudain s'ouvrit avec une sorte de sanglot que, pour une fois, il ne releva pas.

C'est alors que Charles entra, et que, comme dans un vaudeville 1900, il les vit tous les deux enlacés, s'embrassant. C'est alors que, comme dans un vaudeville, encore mais de l'âge de pierre celui-là, il se frappa la poitrine du poing ; et que, poussant un rugissement rauque et bousculant tout à travers la pièce, il se jeta sur Jérôme et l'arracha littéralement à Alice : laquelle, toujours inclinée en arrière, se laissa glisser sur le canapé, sans un mot et sans un cri, les yeux fermés et les deux bras autour de la tête, ne voulant rien voir, rien savoir, rien entendre. Après avoir roulé à terre, les deux hommes se relevaient lentement, et se retrouvaient stupides, penauds, debout l'un devant l'autre, et, pour une fois, vraiment, vraiment semblables. Deux hommes des cavernes, songea Jérôme une seconde, très vite, avant que ne vacillât en lui et ne s'éteignît l'espoir fou, l'espoir dérisoire qu'Alice était encore à lui et à lui seul.

« Mais tu es fou, dit-il à Charles, mais tu es fou, qu'est-ce qui te prend ?

— Tu n'as pas le droit, tu n'as pas le droit, elle est à moi », dit Charles.

Il était rouge sous son hâle, il transpirait ; et enfin il lança d'une voix dure, violente :

« Elle est à moi, tu n'as plus le droit d'y toucher ! A moi, tu entends ? A moi, Jérôme ! »

Puis il s'immobilisa, jeta un vif coup d'œil vers Alice toujours cachée derrière ses bras, puis vers Jérôme qui était resté lui aussi immobile dans la même position ; tous les trois figés, tels les malheureux habitants de Pompéi dans leur attitude grotesque ou paniquée.

« Comment cela ? dit Jérôme. Alice, Alice, que veut-il dire ?

— Je vais vous expliquer », dit-elle. Elle se dégagea lentement de ses deux bras, les fit glisser de sa tête à ses genoux avec une grâce que perçurent inconsciemment les deux hommes.

« Alice, demanda Charles, Alice, il ne vous a pas fait mal ? »

Et elle sourit. Elle sourit de cette confiance aussi extravagante que répandue : comme si Charles, dès l'instant qu'il aimait une femme, ne pouvait imaginer qu'elle le trompât autrement que par la force.

« Non, dit-elle en secouant la tête, non, il ne m'a pas fait mal. Aucun mal. Je vous en prie, Charles, laissez-nous : je dois parler à Jérôme.

— Attends », dit Jérôme comme Charles se dirigeait vers la porte. Et il avança vers lui, les bras ballants. « Salaud, dit-il entre ses dents, petit salaud. Fumier. Tu n'as jamais été que ça, hein ? Un voleur, un coureur, un truqueur. Et un lâche en plus ! Salaud, va ! »

La tête de Charles se tournait à droite, à gauche, comme sous des coups. Les yeux clos, il se taisait. Ce n'est que lorsque Jérôme se tut qu'il fit un demi-tour presque militaire et sortit à grands pas.

CHAPITRE XV

Alice s'était levée instinctivement, lorsque Jérôme avait marché sur Charles et elle était restée debout, jusqu'à son départ. Jérôme, à présent retourné vers elle, ils souffraient tous les deux de l'espace qui les séparait, de leur attitude grand-guignolesque et de la banalité de leur drame. C'était la première fois qu'Alice voyait Jérôme dans un rôle indigne de lui, et c'était par sa faute, à elle. Elle était désespérée. Elle avait envie de prendre dans ses bras ce vieux petit garçon, si sérieux, si responsable, si vulnérable aussi. Qu'allait-elle lui dire, qu'allait-il trouver à lui dire ? Il n'était pas assez dur pour les insultes, ni assez sot pour les reproches. Il ne disait rien, il la regardait avec une attention effrayée, une fiévreuse incompréhension.

« Excusez-moi, dit-il enfin d'une voix altérée, plus basse encore que d'habitude — car Jérôme aurait pu être baryton —, excusez-moi, Alice, j'aimerais bien m'asseoir. C'est si douloureux, tout ça... »

Il fit un geste vague qui impliquait le salon, où étaient assises ses grandes amours perdues et, par la fenêtre, le monde extérieur, où s'entassaient partout des cadavres.

Si peu de place..., nous tenons si peu de place, finalement, pensait Alice, sur cette grosse sphère roulant et déroulant nos vies. Debout, on doit y occuper un maigre espace, comme un réverbère cassé, comme un cylindre d'un rayon de quatre-vingts centimètres, d'une hauteur d'un mètre ou deux, à peu près. Ensuite, on nous y allonge, et c'est le contraire. Si notre corps ne se décomposait pas, il y aurait sûrement, autour de la Terre, des couches et des couches complètes d'hommes et de femmes morts. Une Terre entièrement cernée, ceinte, jonchée, de cadavres, de couches de cadavres successives... comment savoir ?

C'était le genre de divagations dont elle aimait accabler Jérôme, qui leur trouvait toujours une moralité, une poésie, ou un humour quelconque. Charles, lui, s'en tirerait par l'humour ; ou bien, crayon en main, il se livrerait à des multiplications extravagantes qui lui permettraient d'annoncer fièrement que la Terre aurait, alors, gagné un mètre de tour de taille. Mais à quoi pensait-elle ? Mais quelles étaient ces questions stupides qui lui trottaient dans la tête, alors que, devant elle, Jérôme souffrait à cause d'elle, et qu'elle-même retenait ses larmes ? Quelle était cette petite bête insensible, irrésistible, qui débarquait de temps en temps dans son cerveau et en prenait le contrôle ?

« Ecoutez, Alice », disait Jérôme, regardant dans la cheminée un feu imaginaire — heureusement, d'ailleurs, car déjà toutes persiennes fermées, et le soir tombant, elle entendait la chaleur vrombir sur la terrasse et glisser dans les herbes son silencieux incendie.

« Ecoutez, disait Jérôme, s'il vous plaît, racontez-moi dans l'ordre tout ce qui s'est passé.

— Eh bien, le récit de Charles était exact », dit-elle, elle aussi à voix basse, comme s'il y avait eu des micros partout dans la pièce. « Nous sommes sortis vers six heures, je crois, de la Kommandantur, nous avons trouvé un fiacre ; par miracle, car il devait être tard : il faisait beau, déjà », dit-elle étourdiment.

Et quelque chose de charmé dans sa voix suggéra tout à Jérôme : un Paris vide, une aube de printemps, le trot d'un cheval sur les pavés, la Seine assoupie, Paris offert, et la fatigue, et le soulagement, et la complicité. Il leva les mains devant son visage mais la paume tendue, tournée au-dehors vers elle, comme pour amortir ses coups. Seulement cette paume, il aurait plutôt dû la tourner, normalement, contre sa poitrine. Car c'était son imagination et sa mémoire et son cœur qui nourrissaient son tourment. Alice vit cette main interposée entre elle et Jérôme, cette main qui avait si longtemps et si longuement tenu et réchauffé la sienne, qui avait caressé ses cheveux des heures entières, qui avait été, trois ans durant, ouverte, offerte à elle. Le souvenir du contact chaud, ferme, un peu osseux de cette main fut tout à coup si précis dans la main d'Alice qu'elle remonta ses genoux vers elle, resserra ses bras autour et se recroquevilla. Quelqu'un en elle criait : « Jérôme, Jérôme, au secours ! Jérôme, au secours ! » Quelqu'un qui n'était plus elle, mais une enfant ; une enfant docile et fragile, une enfant exquise peut-être, mais qu'elle devait abandonner maintenant.

« Et puis ? dit Jérôme.

— Et puis, Charles ne vous l'a pas dit, mais il y a eu une grande scène, une scène lugubre à la Kommandantur. L'officier a parlé de mon goût pour les juifs, les circoncis. Charles s'est jeté sur eux, ils l'ont assommé. Et à son réveil, ils ont voulu vérifier qu'il n'était pas juif ; enfin, me le faire vérifier à moi... Ils lui ont arraché son pantalon et le pauvre Charles était là, devant moi, tout nu, tout honteux, avec sa veste de smoking et ses chaussettes. Pour le réconforter j'ai pris un air appréciateur au lieu de pudibond, j'ai presque sifflé d'admiration. Mais il a été humilié, affreusement humilié. Et au retour, à l'hôtel...

— Si je comprends bien, c'est par compassion que vous vous êtes laissé faire ?

— Non ! » La voix d'Alice était nette, c'était sa voix de colère, une voix fort rare et que Jérôme reconnut aussitôt. Mais il était à court de toute prudence.

« Non, je ne l'ai pas laissé faire ! Je l'ai attiré moi-même, je l'ai moi-même entraîné jusqu'à mon lit : car il me plaisait énormément. » Elle s'arrêta. « Jérôme, ne me forcez pas à dire des choses comme ça.

— Je vous demande pardon », dit Jérôme d'un air distrait.

Il entendait son cœur battre, au point de l'assourdir lui-même, à grands coups sourds et réguliers, il faisait un bruit d'enfer. Ah ! si seulement il pouvait mourir maintenant, tout de suite, là ! Ne plus jamais voir, ne plus jamais rêver de ce beau visage défait et coupable devant lui ! Ce visage qu'il n'avait jamais vu défiguré, convulsé, transformé par le plaisir. Ah !... s'il pouvait ne plus entendre, ne plus écouter, ne plus être pendu à cette voix un peu rauque et si légère ! Cette voix qu'il n'avait jamais entendue, non plus, essoufflée ou violente, suraiguë ou basse, cette voix qu'il n'avait jamais entendue cassée, ni affamée, ni épuisée, ni repue !... Cette voix qu'il n'avait jamais entendue crier son propre nom « Jérôme, Jérôme ! » du fond d'un lit ! Cette voix qui avait peut-être crié « Charles ! » la veille.

Pourquoi ? Comment ? Il se sentait capable d'attraper Charles par le cou, de lui mettre un couteau sur le cœur, et de lui demander tous les détails, toutes les particularités, tous les exercices pratiques de ce plaisir qu'il n'avait pu, lui, offrir à Alice. Sa bassesse l'accablait, mais il était totalement l'objet de son obsession.

« Vous pensez rester ici avec lui ?

— Oui, Jérôme », dit Alice.

Les larmes lui vinrent à nouveau aux yeux et glissèrent sur ses joues, car ce oui, ce oui avait pris un côté irréversible, officiel, définitif. Par ce « oui » elle solennisait quelque chose d'inavouable, de volatile ; par ce « oui », elle déchirait et perdait cet homme qui était l'être qui lui était le plus proche, qui avait été son seul rempart contre la solitude et la folie. Car elle était folle, oui, elle était folle, elle était devenue folle ! Comment, mais comment vivre sans Jérôme ? Et si elle avait un cauchemar, et si elle voulait en parler, s'en délivrer, de ce cauchemar, de ses fantasmes, de ses effrois, à qui pourrait-elle s'adresser, qui pourrait, qui voudrait la comprendre ? Quel amant, même fou de son corps, supporterait son esprit ? Elle était d'une imprudence vertigineuse et mortelle ; elle avait perdu la raison. Elle se rappelait son passé avec Jérôme, elle imaginait leur avenir.

Mais, en faisant défiler ces images dans son esprit, comme autant d'arguments qui la ramèneraient à Jérôme, entre un souvenir de lui : Jérôme, dans l'entrebâillement d'une porte de cette horrible clinique de montagne, Jérôme venu la chercher — et une autre image, celle-là imaginaire, d'un cocktail sur une terrasse, et d'eux-mêmes, eux deux, Jérôme et elle, le dos appuyé au balcon, regardant les gens passer avec un petit sourire ironique, le même sourire — mais, entre ces deux images donc, s'était faufilée une image absurde, celle de Charles endormi, marmonnant pour la rassurer, et finalement s'installant sur son épaule à elle, comme un nourrisson géant, et qui, bien à l'abri, lui donnerait de temps en temps une petite tape réconfortante sur les cheveux, qui tomberait sur son nez ou sur sa joue, et l'arracherait chaque fois à son sommeil naissant. Bien sûr, cette image était moins rassurante que les autres, que les précédentes ; mais elle avait pour elle d'être la seule en couleur.

« Alice, dit Jérôme, plus nettement tout à coup, Alice, vous ne resterez pas longtemps avec Charles ; c'est la guerre qui vous a rapprochés, vous n'êtes ni de la même espèce, ni du même milieu, ni du même monde, au sens moral du terme. Quand je parle du milieu, ce n'est pas contre Charles que je parle ; au contraire, je trouve son milieu plus fiable que le vôtre. Mais lui, Alice, je ne sais pas... mais vous et lui c'est tellement étrange. De quoi allez-vous lui parler, que va-t-il vous répondre, que lui trouvez-vous ? »

Il avait l'air si sérieux dans sa perplexité, si angoissé, qu'Alice eut envie de rire.

« Je lui trouve... je lui trouve tout ce que vous lui trouvez vous-même, Jérôme, puisque vous êtes son meilleur et son seul ami depuis vingt ans. Je ne sais pas, moi ! Charles est gai, il est drôle, on ne s'ennuie jamais avec lui, il aime la vie, il aime les gens... je ne sais pas...

— C'est vrai, reconnut Jérôme, excédé et intéressé à la fois, c'est vrai, on ne s'ennuie pas avec lui : il est léger. Il est léger parce qu'il est vide, je le crains. Non, Alice, non, vous le savez bien : ce qui vous rattache à lui, c'est tout autre chose.

— C'est quelque chose, en tout cas, dont je ne parlerai jamais à personne, dit-elle sèchement, pas à vous en tout cas. Enfin, Jérôme, voyons, réfléchissez, ce qu'il y a entre vous et moi est tellement important et rare : la tendresse, la confiance, la complicité, tout ce qu'il y a entre vous et moi, Jérôme, pensez... »

Il fit un geste de la main qui l'arrêta. Elle avait rougi dès que Jérôme avait abordé ce sujet et sa rougeur persistait. « C'est drôle, pensa-t-il, dans un dernier et suprême accès de lucidité, c'est elle qui a honte et c'est moi qui n'ai pas su lui faire plaisir. Elle a honte, mais honte de quoi ? Aurait-elle honte si elle s'était ennuyée affectueusement avec lui, comme elle le fait avec moi ? Non, non, elle a honte du plaisir que je n'ai pas su lui donner et qu'il lui a donné ; car ces gémissements, ces mots, ces gestes-là, c'était le beau, le gentil Charles, le coq de village, qui les avait provoqués, sentis et entendus. » Ah, non ! c'était trop horrible à la fin et Jérôme leva vers Alice un visage devenu lisse, apaisé à force de désespoir, un visage qu'elle avait déjà vu deux fois, et qu'elle reconnut aussitôt. La première fois, c'était dans un cercueil, dix ans plus tôt, et la deuxième, c'était dans son propre miroir, deux ans auparavant.

« Jérôme, appela-t-elle d'une voix étouffée, car il gardait les paupières baissées, Jérôme, mais que puis-je faire pour vous ?

— Répondez-moi, Alice, répondez-moi ! Il vous a fait plaisir ? Il vous plaît ? Vous avez envie de lui, vous avez envie de le toucher ? Et que lui vous touche ? Vous êtes tout le temps obsédée par lui ? Il vous a fait gémir ? Alice, Alice, dit-il plus fort, car elle avait bronché et failli se lever, Alice, il faut que vous me le disiez, il faut que je l'entende de votre voix, que je ne puisse plus me poser de questions à ce sujet. Il faut que je sois sûr que ce n'est pas vous qui n'aimiez pas... enfin, qui ne... Alice, je vous en prie, il faut que je sache que c'était moi, ma faute... Alice, soyez féroce, féroce avec moi, je vous en prie ! Si vous avez des raisons de l'être, bien sûr... »

Et c'est le vague, le tremblant et très faible doute palpitant dans sa dernière phrase qui décida Alice, bien plus que sa supplication.

« Oui, dit-elle. Oui, Charles m'a plu, très vite. Je me

croyais morte à ce sujet, vous ne le savez que trop. Puis, ce fameux soir à Paris, avec l'alcool, ces émotions, je...

— Je ne vous demande pas des excuses, dit Jérôme d'une voix sèche, je vous demande des précisions. »

Il avait une voix sifflante qu'Alice ne lui connaissait pas, et qui la mit hors d'elle. Cet homme délicat, fin, sensible, lui demander des précisions érotiques, à elle ! Sa voix, sa propre voix, lui semblait tout à coup passer à travers une vitre.

« Si vous parlez de technique, adressez-vous à Charles, Jérôme. Et si vous voulez le savoir, il est vrai que Charles Sambrat m'a fait jouir un jour et deux nuits, du mardi au jeudi. Il est vrai que j'ai chuchoté et gémi, demandé et ordonné. Voilà.

— Et vous le lui avez dit ? demanda Jérôme.

— Je ne sais pas. Je sais que j'ai crié. Je ne me le rappelle pas, mais je le sais, car Charles me l'a dit. Et vraiment, qu'est-ce qui peut être plus précis, Jérôme, que mon imprécision ? Qu'est-ce qui peut mieux vous renseigner que mon ignorance ? »

Et, bien sûr, sa question resta sans réponse. Car Jérôme ne savait plus rien : sinon qu'il y avait une semaine, jour pour jour, heure pour heure, qu'ils étaient arrivés tous les deux chez Charles, dans cette maison dont il allait repartir, seul, dans l'heure à venir.

CHAPITRE XVI

L'été, en cette année 1942, fut un des plus beaux que connut notre planète, comme si la Terre voulait, par sa beauté et sa douceur, calmer la furie et l'affolement des hommes. Sur un ciel immense, au bleu délavé ou violent selon l'heure, naissaient des soleils blancs et frileux, des soleils de la nuit, suivis à midi par des soleils jaunes et aveugles, éparpillés, le soir, en rayons obliques, roses, attendris et languissants, comme pour saluer la fin de longues, exquises journées. Mais en vérité, c'était un soleil blanc, immuable, fixe, qui regardait tourner autour de lui cette planète nommée Terre par ses habitants, et sur laquelle il apercevait d'horribles spectacles. Des corps et des corps s'entassaient partout, gisaient à plat, posés par la force de gravité sur des sols le plus souvent inconnus d'eux. Le soleil voyait à travers sa loupe se crisper et se détendre partout des mains mourantes, des mains soignées et des mains pauvres, des mains d'enfants, des mains d'artistes, des mains de femmes, des mains d'hommes, des mains aux ongles cassés, quelquefois aux doigts cassés, des mains déjà sanglantes qui se

217

refermaient encore une dernière fois avant de s'ouvrir pour toujours vers lui. Lui qui, impuissant, aveuglant, horrifié, savait qu'à sa prochaine rotation cette boule folle lui montrerait d'autres mains, d'autres cadavres.

La Terre, elle-même, ignorait encore ce que tramaient, dans les déserts lointains, quelques savants stupidement géniaux, la Terre, pourtant dévouée à ses enfants fous, ces enfants provisoires, passionnés et fragiles dont elle avait l'habitude de nourrir et d'abriter, inlassablement, la chair, avant d'en accueillir les os (depuis des siècles et des siècles, depuis des époques et des ères qu'ils ne pouvaient même pas soupçonner), la Terre, fidèle et tendre, quoique troublée par ces carnages, ces orages et ces batailles, offrait aux hommes pour les calmer et pour la dernière fois, peut-être, les printemps les plus vifs, les étés les plus chauds, les automnes les plus roux et les hivers les plus secs. Elle offrait des saisons, enfin de vraies saisons, comme il n'y allait plus jamais en avoir. C'est que la Terre allait savoir bientôt que ses enfants, ces passants, avaient découvert le moyen, non seulement de mourir plus vite sur ses flancs, mais encore de la faire mourir avec eux, de la faire exploser et de la détruire, elle, leur mère nourricière, leur seule amie.

Pendant ce temps, dans le charme bucolique d'un endroit encore épargné de la France, Alice s'émerveillait de la couleur brune du corps de son amant, Alice s'émerveillait de l'été et de sa chaleur. Ils allaient se baigner à l'heure du déjeuner dans le torrent et y pique-niquaient. Puis Charles repartait à son usine et

218

Alice rentrait, en traînant les pieds, à la maison. Elle lisait, écoutait les disques de Charles, caressait le chien et le chat, parlait de la vie avec la cuisinière, des hommes avec la soubrette et du temps avec le jardinier, s'asseyait au piano, jouait du bout des doigts, soupirait, souriait, se levait, traversait un pré, cueillait un bouquet, s'allongeait sous un arbre, y oubliait ses fleurs, rentrait préparer un cocktail, cocktail de plus en plus bizarre avec les restrictions, mais que Charles buvait avec délice, semblait-il. Elle le voyait arriver à toute vitesse, le gravier jaillissant sous ses roues, elle le voyait bondir de la voiture, escalader les marches, elle voyait ses yeux, sa bouche, ses mains tendus vers elle, puis elle ne voyait plus dans le noir que le grain de sa veste de coton contre son nez. Et en renversant son visage, l'angle si droit de son épaule et de son cou. Mais elle ne levait presque jamais les yeux, elle les fermait ; elle restait dans l'obscurité de ses bras, à respirer l'odeur de Charles, de son savon, de sa peau.

Elle éprouvait un sentiment de propriété, de possession, jusque-là ignoré d'elle. Un sentiment qu'elle n'avait jamais ressenti, d'abord, et toujours méprisé et refusé ensuite, dans son respect de la liberté et de l'indépendance d'autrui. Peut-être ce sens de la propriété s'était-il éveillé chez elle, justement à cause de cet homme si libre, si naturellement libre, si indépendant, si seul malgré sa sociabilité, si peu domestiqué par la vie et, finalement, si isolé par son bonheur de vivre ; cet homme si plein, si délié, si achevé, si stable, aux antipodes de ses autres amours ; si différent de tous ceux qu'elle avait connus et, parfois, aimés en retour ; si loin du fragile Gerhardt, du vulnérable Jérôme... de tous ces hommes dédoublés et déchirés par eux-mêmes, qui, tous, avaient eu besoin d'elle et, tous, auraient tout donné pour qu'elle eût besoin d'eux. Qui, tous lui avaient demandé confusément de les faire souffrir afin de se sentir exister. Et donc aucun n'avait pu obtenir d'elle ce qu'obtenait Charles, cet homme qui avait besoin d'elle non pas pour vivre, mais pour être heureux.

Et bien que tous ses élans puissent lui apparaître uniquement sensuels, elle savait bien qu'ils cachaient autre chose, quelque chose de plus tendre et de moins avouable, finalement, à elle-même. Quelque chose qu'elle retrouverait un jour, plus tard, dans sa vieillesse, si vieillesse elle atteignait, qu'elle retrouverait dans le bric-à-brac hasardeux de sa mémoire, sous l'étiquette — qui serait rare, elle le savait — de la passion, et de la passion heureuse.

Car, dans le flot calme et doux de ses journées, la petite voix sèche et froide de la raison n'intervenait plus guère pour lui demander ce que devenaient Gerhardt ou Jérôme ; ou, plus cruellement, ce qu'elle faisait avec cet homme qui n'avait rien lu, qui ignorait ce qu'elle aimait, et ne se souciait toujours pas des mêmes choses qu'elle. Mais, tout de suite, quelque chose, un rayon de soleil ou un regard de Charles, ou le dos du chat contre ses jambes, tout de suite, quelque chose de concret, de concret et de rêveur à la fois, quelque chose de chaud et de tendre s'interposait entre elle, son passé, son futur et ses conditionnels, quelque chose qu'elle aurait déjà pu appeler le bonheur, si elle en avait eu l'idée et la force.

Alice et Charles partagèrent donc, cet été-là, quelques semaines bénies. Puis vint septembre, et des rafales de pluie secouèrent la maison et le paysage. Des amis de Charles vinrent les voir. Alice les reçut et fut exquise avec eux. On parla prix Goncourt, beaucoup, théâtre, un peu, politique, pas du tout. A la moitié du mois de septembre, Alice se disait tous les jours qu'elle devrait aller en ville acheter des livres ; car elle avait tout lu dans la maison et il fallait quand même bien qu'elle s'occupât à quelque chose durant ces journées un peu longues où Charles ne rentrait qu'à sept heures et où la pluie l'empêchait de sortir. Mais elle ne parvenait pas à désirer suffisamment ces livres pour aller jusqu'à Grenoble. Elle ne parvenait pas à trouver la pluie suffisamment assommante pour se révolter contre elle. Elle ne parvenait pas à bouger ni à aller plus loin que sa chambre, que le salon, que la cuisine, que le grenier, toujours suivie par le chat et le chien, à présent collés à elle comme le sont aux fées, les animaux de légende. Elle déambulait en chantonnant dans la grande maison de province, et elle s'étonnait vaguement quand elle se rencontrait par hasard dans une glace. La vie, lui semblait-il, pouvait durer éternellement comme ça ; et elle ne savait pas si c'était là une possibilité, un espoir ou une menace. Elle ne cherchait même pas, d'ailleurs, à le savoir.

Et, lorsqu'elle reçut un message l'avertissant que Jérôme avait été fait prisonnier près de Paris et était, sans doute, en ce moment même, torturé par la Gestapo, lorsqu'elle décida de partir dans l'heure et fit ses bagages avec la cuisinière en larmes, elle ne le savait toujours pas. Charles étant à Lyon, injoignable, elle lui laissa un mot.

Alice était une femme lucide et pourtant, lorsqu'elle se retourna sur le seuil de cette chambre où elle avait vécu cinq mois, elle la regarda comme si vraiment, elle allait dormir dans ce lit, et dans les bras de Charles quinze jours plus tard — ainsi que sa lettre le promettait à celui-ci. Mais, deux mois plus tard, Charles n'en avait toujours aucune nouvelle.

Deux mois plus tard, d'ailleurs, le 11 novembre 1942, les Allemands, brisant les accords de Vichy, franchirent la ligne de démarcation. La France se trouva entièrement occupée. Le 19 novembre, un détachement de la Gestapo ratissa les environs de Romans et découvrit dans le petit village de Formoy le dénommé Joseph Rosenbaum, contremaître dans une fabrique de chaussures, de race juive, et dont la famille était installée dans la région depuis 1854. Malgré les protestations de son employeur, ils l'arrêtèrent et l'envoyèrent au camp d'Auschwitz, non sans avoir au passage brutalisé sa femme et mis le feu à son domicile.

De guerre lasse, Charles Sambrat s'engagea dans la Résistance.

Reproduit et achevé d'imprimer
par la Société Nouvelle Firmin-Didot
à Mesnil-sur-l'Estrée, le 13 juin 1985.
Dépôt légal : juin 1985.
Numéro d'imprimeur : 2669
ISBN 2-07-070432-7/Imprimé en France